「最強にして完全無欠の美少女英雄……
そして、汝の師であるぞ！」
ヴリオ
シオン
おおおおお!?」

「炎よ――に宿れ！」

# 魔剣の弟子は無能で最強！

vol.1

ふか田さめたろう
Illustration 植田 亮

CONTENTS

# プロローグ

冒険。
それは多くの者にとっての憧れだ。
少年――シオン・エレイドルもまた、そうしたものに魅せられたひとりだった。
きっかけは、通っていた小さな学校にあった古びた本だった。
そこに書かれていたのは、千年以上もの大昔に活躍した、とある英雄の逸話だ。
巨大な竜を相手取り、三日三晩の死闘を繰り広げたこと。
たった一日で千里を駆け抜けて、祖国の窮地に駆けつけたこと。
何の見返りも求めずに、疫病に苦しむ人々のために薬を作ったこと。
魔法も錬金術も、剣も武道も、何もかもが他の追随を許さぬ超一流の腕前。
彼の前にはどんな魔物も首を垂れ、どんな冒険者も敵わなかったという。
その英雄の名はダリオ・カンパネラ。
一騎当千、万夫不当。世界中に名を轟かせ、賢者とまで呼ばれた男だ。
「いつか俺も、賢者ダリオみたいな冒険者になるんだ……！」

彼の本をすべて読破したころには、シオンの中でそんな決意が生まれていた。

しかしその夢に大きな障害が立ちはだかる。

学校に入学して一年ほどが経過したある日のことだった。

外部から招かれた講師によって、特別授業が開かれたのだ。

その日は冒険者ギルドから、ひとりの青年が派遣されてきた。

右手に銀のガントレットを施したその赤髪の男は教壇に立ち、教室に居並ぶ生徒たちをぐるりと見回してこう告げた。

「今日はきみたちに特別な話がある。神紋という言葉を聞いたことがあるかな?」

「はいはーい！　知ってるぜ、俺！」

クラスメートのひとりが手を挙げて、ハキハキと答える。

「『そのひとの才能を表す』っていう、印のことだろ！　神様が、必ずひとつくれるんだ！」

「その通り。例えば私は……《フレア》」

青年が短く呪文を唱えると、かざした右手に紅蓮の火球が出現した。

教室中が沸き立つ中、彼は右手の甲を示してみせる。

そこには炎と同じ色の、不思議な模様が浮かび上がっていた。

「神紋は神の加護を表す。私が持つような赤神紋は、炎の魔法に長《た》けるが……反面、水や氷の魔法は苦手だ。そうしたことがひと目でわかる」

「すごーい！」

子供たちは喜ぶものの、自分の手を確認してすぐ渋い顔を見合わせる。

「あれ、でもおかしいな……私の手にはそんな印ないよ？」

「僕もだ……ひょっとして、どこかおかしいのかなあ」

「まさか俺、神様から見捨てられたの!?」

「なに、大丈夫だとも。神紋は特殊な印でね、普通は目に見えないものなのさ」

青年は炎を消して、にこやかに告げる。

「今日は私がみんなに、神紋が見えるようになる特別な魔法をかけてあげよう。それで自分の才能が何なのかわかるはずだ」

「やったー！」

子供たちは大いにはしゃいで喜んで列を成した。

シオンもまた同じようにワクワクしながらそこに並んだ。

青年に呪文を唱えてもらえば、ほかの子供たちの手に様々な神紋が浮かび上がった。

少し薄い赤色や、青や紫、黄色に白や黒――色も形も様々なそれを見て、彼はひとりひとりにアドバイスを授けていった。

そして、とうとうシオンの番がやってくる。

シオンは青年に、興奮を隠すこともなく話しかけた。

「あ、あの、俺、冒険者になりたいんです！　賢者ダリオみたいな！」

「ほう、ずいぶん古い偉人を知っているんだな」

男は相好を崩してみせた。

「はい！　ダリオはどんな神紋を持っていたんですか？　本にもあんまり書いていなくって……」

「それはそうだろうね、ダリオの神紋は詳しく伝わっていないんだ。謎の神紋とされているよ」

「謎の神紋……！　カッコいい！　俺も同じものならいいなあ」

「あはは。それじゃあ、始めさせてもらおうかな」

「お願いします！」

青年はシオンの右手を取って、低い声で囁《ささや》く。

「旧《ふる》き精霊たちよ、この者の祝福をここに示せ」

「わあっ！」

シオンの手の甲から淡い光が溢《あふ》れ出て、形を成そうとする。

胸を高鳴らせて、シオンはそれを見守ったが――。

「あ、あれ……？」

光はふいにかき消えて、あとには何も残らなかった。

他の子供たちのように、神紋が浮き出てくることもない。

きょとんと目を丸くするシオンだが、青年は顔をこわばらせて喉を鳴らした。

「これは……そうか。きみ、名前は何というんだ」

「えっ。し、シオンっていいます」

シオンはつっかえながらも名前を名乗った。

互いの神紋を見せ合っていた周囲の子供たちも、ただならぬ気配におしゃべりをやめてシオンに注目する。

そんな中、青年がかぶりを振って告げたのは――耳を疑うような宣告だった。

「シオン。残念ながら……きみに冒険者は無理だ」

「え……!? ど、どうしてですか！」

「きみには神紋がない。武道も魔法も、何の才能も持たないんだ」

神紋を持たない者は、何十万人にひとりという確率でごくまれに存在するという。

そうした者はどれだけ鍛えても神紋を持つ者に比べて身体能力が劣り、どれだけ魔法を練習しても習得は非常に困難だという。

ただし、日常生活を送るのには支障がない。

神紋を持たなくても、幸せに生きる道はたくさんある。

青年は熱弁を振るい、そうしたことを語って聞かせた。

しかしシオンにはそれに相槌を打つ余裕もなかった。

(俺には、何の才能もないなんて……)

体の横で握った拳は震え、目の前が真っ暗になりそうになる。

そんなシオンへと、子供たちのひとり――ガキ大将的なポジションにいた少年がまっすぐ指を差して笑う。

「だっせー！　シオンのやつ、神紋がないなんてさ！　神様から見放されたってことだろ！」

「つまりあいつって……俺たちの誰より落ちこぼれってこと？」

「そういうことになるよなあ」

「こら！　やめないか！」

青年が一喝するものの、子供たちの間にざわめきが広がっていく。

神紋なし、無能、落ちこぼれ……。

それらの心ない言葉がシオンの胸を深く刺し貫いた。

かつての英雄のような冒険者になるという夢は、こうして最初の大きな挫折を迎える。

そこで折れていれば、きっとシオンの人生はそれなりに平穏なものになっていただろう。

シオンは拳が白くなるほどに力を込めて、声を絞り出した。

「だったら…………します」

「なに……？」

青年の眉がぴくりと動く。

そんな彼へ、周囲の子供たちへ向けて。シオンはあらん限りの声でこう叫んだ。

「人より才能がないのなら……人よりずっとたくさん努力します！　俺は絶対に、諦めません！」

その言葉に嘘はなかった。

その日から、シオンは地道な特訓を続けた。

雨の日も風の日も、たったひとりで体力作りに励み、剣の素振りを何百回とこなし、魔法の練習をした。

それでもやはり神紋を有する他の子供に比べれば、その成長は段違いに遅かった。

どれだけ努力しても身体能力の差は開くはかりだったし、他の子が初見でも成功させるような簡単な魔法でも習得できなかった。

そんなシオンのことを、他の子供たちはみな嘲笑った。

しかし、何があってもシオンは屈しなかった。

ただ地道な努力を重ねに重ね、十五歳で学校を卒業してギルドの門を叩《たた》いた。

# 一章　無才の少年

シオンが冒険者としてデビューした一年後。

よく晴れた春のある日、彼は薄暗い森の中にいた。

鬱蒼と木々が生い茂り、大きく広がった葉が太陽の光を覆い隠す。

人があまり立ち入らないため、あたりには手つかずの自然が広がっていた。地面からは太い木の根が顔を出す。

そんな森に――今、モンスターの鳴き声がいくつも轟いた。

「ギャギャギャ！」

「ごめんなさい、シオンくん……！　そっちに行きました！」

「わ、わかった！」

そのうちのひとつが、シオンの隠れる木陰に近付いてくる。

覚悟を決めて、剣を握って飛び出した。

それとほぼ同時、草むらをかき分けて一匹のゴブリンが躍り出る。人の腰ほどの背丈しかない小さな魔物だが、人を容易《たやす》く投げ飛ばせるほどの腕力を誇り、群れで狩りをする習性がある。

とはいえ一対一ならば、新米冒険者でも苦労しない相手だ。

（仕留める……！）

シオンは大きく踏み込み、ゴブリンの脇腹を狙い渾身《こんしん》の力を込めて剣を振るう。

しかし――。

「ギャガッ！」

「くっ……！」

その剣先は、ゴブリンの硬い皮膚によって阻まれてしまう。

刻んだ傷はごく浅い。さらに反動で腕が痺れ、ゴブリンが繰り出した鋭い爪に反応が遅れた。

目の前に爪が迫り、身構えた次の瞬間。

横手で紅蓮の光が弾《はじ》け、爆風がシオンもろともゴブリンを吹き飛ばした。

「ぐっあ!?」

「ギギャアッ!?」

地面に叩きつけられて、シオンは呻《うめ》く。

近くで爆発が起こったために耳鳴りが酷く頭痛がした。

それでも懸命に顔を上げた先……草むらの向こうから、気楽な足取りで歩いてくる人物が見える。

金の髪をした、シオンと同じ年頃の少年だ。その右手には真紅の神紋が光り輝いていて――。

「これで最後だな。よっ、と」

「グギャ……！」

少年は軽く剣を振るい、地面に倒れたゴブリンをあっさり真っ二つにしてしまう。

胴のあたりで切り離された死体を足蹴にし、彼はシオンを見て嗤《わら》う。

「はっ、ゴブリン一匹も倒せねえのか。さすがは神紋なしの無能だな」

「ら、ラギ……」

シオンはよろよろと起き上がり、その名前を口にする。

いつの間にか森に響き渡っていた魔物の咆哮はぴたりと途絶えていた。

気付けば少年――ラギの背後には数名の少年少女がいる。

どれもシオンの所属する冒険者パーティのメンバーだ。

そのうちのひとり、派手な化粧を施した女の子が、ラギの腕に抱きついて猫なで声を上げる。

「ラギくんったら優しい～。シオンなんか助けてあげるとかさあ」

「ま、こいつとも古い付き合いだしな」

ラギは剣を収め、軽薄な笑みを浮かべて言う。

今も記憶に残る、神紋についての特別授業。あのとき真っ先にシオンを無能呼ばわりしたガキ大将がラギである。彼は嘲りを隠そうともせず、鼻を鳴らす。

「これでハッキリしただろ、おまえにはうちのパーティの下働きがお似合いだ。分かったらとっととゴブリンどもの死体を集めてこい。ギルドに提出しなきゃいけないからな」

「……了解」

先ほどラギが放った火炎魔法のせいで、シオンはあちこち擦り傷だらけだし、頬には火傷を負っていた。

それでも文句一つ言わずに立ち上がり、うなずいてみせた。

ギルドに登録し、シオンは晴れて冒険者となった。

しかしその道はとうてい順風満帆と呼べるものではなかった。

冒険者となって一年余り。これまでシオンは数々のパーティをクビになってきた。

神紋を持っていないというだけで門前払いを食らったこともあるし、同情心から仲間に入れてくれたパーティも、シオンの実力を見るとすぐに追い出しにかかった。

失意に暮れていた折、ラギのパーティから声がかかったのだ。

旧友のよしみ……というわけではない。

ラギを含む仲間たちは、そのまま拠点の方へと向かっていく。

「しっかしラギも考えたもんだよなあ。あのシオンを仲間に引き入れる、なんて言い出したときは頭でも打ったのかと思ったけど」

「能なしでも雑用くらいはできるもんなあ。ほんっと便利な奴隷だわ」

「ラギくんったら強くて頭もいいなんて最高よね～。今度のFランク昇格試験だって、一発合格間違いなしよ！」

「わはは、そうやって褒めても無駄だぞ。なんせ事実だからな」

そうしてラギたちは茂みの向こうへ消えていった。

彼らを見送って、シオンは肩を落とすしかない。

ラギたちがシオンを仲間に加えているのは、面倒な仕事を押しつけるためだ。

それが分かっていても、冒険者としてやっていくためには、このパーティに所属するほかなかった。

「『新米冒険者は、複数人でのパーティを組まないとクエストが受けられない』……事故防止の条例だって分かっちゃいるけど、ままならないよなあ……」

ある程度の実力を有することを証明できれば、ソロでのクエスト受領も認められる。

だがしかし、新米冒険者――特にシオンには、とうてい無理な話だった。

真っ二つになって転がるゴブリンを見下ろして、ため息をこぼす。

(今の俺じゃ、ゴブリンにすら太刀打ちできない……ひとりでクエストなんか受けたら、まず間違いなく命を落とすに決まってる)

冒険者になると決めた幼いあの日から、シオンは今もまだ地道な自主鍛錬を続けていた。

しかし、その成果がこれだ。

剣だけでなく、魔法もまったく使えない役立たず。

先ほどの戦闘だって、ラギが横槍を出さなければ今以上の大怪我を負っていたはず。

そうした負い目があるからこそ、シオンは余計に彼らへ強く出ることができないのだ。

おそらくラギはそこまで読んで助け船を出しているのだろう。シオンを生かさず殺さず、ていのいい奴隷としてこき使うために。

シオンは右手の甲をかざしてみる。

意識が昂《たかぶ》ったり、魔法を使ったりすると、そこにはその人の持つ神紋が現れる。

しかしシオンの場合……そこに印が浮かび上がったことは一度もなかった。

「神紋の有無で、まさかこんなに差が出るなんてな……」

ラギは同年代の中でも群を抜いた実績で、町のギルド内でも噂の的だ。

さる有名パーティから勧誘が来たこともあるし、デビュー一年目にして早くもFランク入りが示唆されている……なんて話もある。シオンとは文字通り別格の存在だ。

やるせなさにため息をこぼした、そんな折だった。

「大丈夫ですか、シオンくん！」

「あっ、レティシア」

顔を上げれば、ローブ姿の少女が慌てて走ってくるのが見えた。

こちらも仲間のひとり、レティシアという少女である。

走ってくるうちにフードが上がり、きらびやかな金の髪と海のような瞳があらわになる。

誰もが目を奪われるような、柔らかな雰囲気の美少女だ。年はシオンよりひとつ下の十五歳。つい最近このパーティに加入した新米冒険者だった。

レティシアは間近でシオンを見るなり、顔を真っ青にしてしまう。

「ひどい怪我です……すみません、私がモンスターを逃がしてしまったばっかりに」

「いやいや、大丈夫。これくらい大したこと……って!?」

自主鍛錬やラギたちによる酷使によって、シオンは怪我など慣れっこだ。

だから手をぱたぱた振って笑うのだが、ハッと気付いて声を上げる。

「レティシアの方こそ、怪我してるじゃないか！」

「えっ」

ローブの袖に半ば隠れた右手首には、薄く血がにじんでいた。

シオンに言われて初めて気付いたのか、レティシアはそれを見てすこし目を丸くするが、すぐに慌ててかぶりを振る。

「私なんてかすり傷です。それよりシオンくんの方が――」

「俺は別にいいんだよ。女の子に傷なんか残ったら大変じゃないか。ほら、見せて」

「あ、あわわ……」

戸惑う彼女の右手をそっと取り、シオンはてきぱきと治療を施していく。

怪我は日常茶飯事なので、常に懐には包帯や薬草などを忍ばせていた。処置も慣れたものである。

「これでよし。たぶん、痕も残らないはずだよ」

「あ、ありがとうございます……」

レティシアは顔を真っ赤にしてうつむいて、右手首に巻かれた包帯をさすってみせた。

「それじゃあ、私もお返ししますね。《ヒーリング》！」

「わっ!?」

レティシアが指を組んで短い呪文を唱えると、その右手の甲に白い光を放つ神紋が浮かび上がる。

怪我の治療などの回復魔法を得意とする、白神紋だ。

溢れ出た柔らかな光がシオンの体を包み込み、傷の痛みがあっという間に引いていく。光が収まったあと、シオンの体には傷一つ残っていなかった。火傷の痕もきれいさっぱり消えている。

「これで大丈夫なはずです」

「ありがとう……あ」

頭を下げるシオンだが、そこですぐ己の失態に気付いてしまう。

「レティシアは回復魔法が得意なんだし、わざわざ俺が手当てする必要なんてなかったよね……その包帯、外そうか？」

「いいえ、大丈夫です」

シオンの申し出に、レティシアは首を横に振ってからにっこりと笑う。

「魔法で治すより、こっちの方がずっと嬉しいです。このままにしておいてもいいですか？」

「そ、そう？　レティシアがそう言うなら、かまわないけど……」

この世界ではほとんどの者が持つ神紋だが、中でもレアものが存在する。

白神紋はその最たる例だ。回復魔法のエキスパートであり、先ほど気軽に使った回復魔法も使える者は数少ない。

そんな彼女の高度魔法と素人の応急処置。比べようもないと思うのだが……レティシアがなぜか嬉しそうにニコニコしているので、水を差すのはためらわれた。

かわりにシオンは人差し指をぴんと立て、注意する。

「でも、怪我したなら無理しちゃ駄目だよ。この前だって足をくじいたのに、しばらく黙ってたじゃないか。ちゃんと言わないと」

「ですが……皆さんに迷惑はかけられませんし」

「迷惑かけたっていいんだよ。だって俺たち……仲間じゃないか」

役立たずのシオンが、果たしてこのパーティの『仲間』と呼べるかはさておいて。

胸の内を押し殺して告げれば、レティシアはぱっと顔を明るくする。

「ありがとうございます。それより、またラギくんたちはお片付けしないんですか？」

眉を寄せ、ラギたちが去った方をレティシアは睨《にら》む。

「今回もシオンくんに押し付けるなんて……みんなひどいです」

「あはは……まあ、俺は今回何の役にも立っていないからね。仕方ないよ」

「じゃあ、私もお手伝いします。手当てしていただいたお礼に！」

「平気だって。レティシアは血が苦手だろ」

「ちょっとくらいなら大丈夫です。早く終わらせないと、シオンくんの特訓の時間がなくなっちゃいますから」

レティシアは胸の前でぐっと拳を握って言う。

彼女だけはシオンの自主鍛錬を笑わず、さらに魔法についてのアドバイスもしてくれていた。

シオンが神紋を持たないことを知っても、偏見の目を持たない数少ない相手である。

(このパーティに入ってよかったのは……この子に会えたことかなあ)

その温かな思いが、シオンの胸をじーんとさせた。

シオンは心からの笑みを浮かべて彼女に頭を下げる。

「ありがと、レティシア。俺もまだまだ地道に頑張るよ。賢者ダリオを目指して、さ」

「ふふ、シオンくんは本当に賢者ダリオがお好きですね。よかったらまたお話、聞かせてくださ い」

「よろこんで！　それじゃ、ダリオがたったひとりで凶悪なダンジョンを踏破したときの話なんだけど——」

ふたりはそんな話を繰り広げながら、片付けにかかった。

倒した証明としてゴブリンの角を折り、それをギルドに提出すれば報酬がもらえる。

今回のノルマは十匹だったが、ラギたちが倒したのはそれをわずかに上回っていた。クエストは無事に達成された。

しかし拠点へ戻ったところ、予期せぬ事態が襲いかかる。

ラギが興奮した様子でこう告げたのだ。

「ゴブリンの巣を見つけたんだ！　今から叩きに行くぞ！」

「はあ!?」


町の裏手に広がるこの森には、狩人や木こりも立ち入らない。

魔物が多数生息しており、非常に危険だからだ。

とはいえそう高レベルの魔物はいないため、新米冒険者が経験を積むのには最適な場所でもあった。自らの力量を推し量り、慎重に行動することができれば危険はない。

裏を返せば、無茶をするとそれ相応に痛い目を見るということで——。

「やめようよ、ラギ……！　無謀すぎる！」

「はっ、ビビってんのかよ。腰抜けが」

小高い丘の茂みに身を潜めるパーティ一行。

そこから見下ろす窪地には、ゴブリンたちの集落があった。

ざっと見た限りゴブリンの数は二十匹ほど。シオンたちがいる場所は風上にあたるためか、こちらの様子には気付いていない。イノシシなどの獲物を巡って揉めていた。

ラギたちは休憩中に付近を散策し、この巣を発見したらしい。

ラギは不敵な笑みを浮かべてみせる。

「おまえみたいな無能と違って、俺には十匹なんて物足りねえんだ。せっかく森まで来たからには、もっと多くの手柄がほしいと思うのは当然だろ」

「だからって巣を叩くなんて正気じゃない！　名のある冒険者パーティだって、下手に手を出せば痛い目を見るんだぞ！」

ゴブリンは初心者でも倒せるような低レベルのモンスターだ。

だがしかし、繁殖力と連携能力が非常に高い。

油断すればあっという間に囲まれて、それなりに場数を踏んだ冒険者でも深手を負わされてしまう。それゆえ、一匹一匹を分断させて各個撃破する戦法がセオリーとなっていた。

巣を直接襲撃するなんて悪手もいいところだ。

そう説明するのだが、ラギは意に介さない。

「そんなちんたらしてたら日が暮れちまう。俺ならあれくらいの数楽勝だ」

「そうよそうよ！　ラギくんなら大丈夫だわ！　役立たずのシオンは黙ってなさいよね！」

「ま、ラギがいるならあっという間だろ」

他の仲間たちは危機感などまったくなく、実に気楽なものだ。

それに気を良くしたのか、ラギはニヤリと笑ってレティシアを指し示す。

「おまけに俺たちにはレティシアの魔法があるんだ。怖い物なしだろ」

「えっ……で、でも……」

レティシアは口ごもり、青い顔でうつむいてしまう。

シオン同様不安を覚えているようだが、強く出られないらしい。

「だからって危険すぎる！　やるならもっと他にやり方が――」

「黙れ！　無能が俺に指図するんじゃねえ！」

ラギはとうとう怒声を上げる。

格下のシオンにとやかく言われるのが、よほど腹に据えかねたようだ。

その勢いのままに立ち上がり、剣を抜いてゴブリンたちを指し示す。

「ここは正面突破あるのみだ！　行くぞ、おまえら！　俺に続け！」

ラギは先陣を切り、丘の斜面を滑っていく。

もちろんすぐにゴブリンたちが気付いた。

飛び出してきた一匹をラギが斬り捨てると同時に強い風が吹き、あたりに血の臭いをまき散らす。

それが開戦の合図となった。咆哮と怒声がいくつも折り重なって空気が痛いほどに張り詰める。

「ラギくんったらかっこいい～♪　私たちも行くわよ！」

「おう！　頼んだぞ、レティシア！」

「ま、待ってくだ……きゃあっ！」

「だから無謀だって！　ああクソっ！」

他の仲間たちも、レティシアを無理矢理連れて飛び出していった。

シオンも少し遅れてそれに続く。

自分の剣はゴブリンに通用しない。それでも黙って見ていることはできなかった。

「遅えぞおまえら！」

丘を下り終えると、ラギがちょうど十四目の首を斬り飛ばしたところだった。

他の仲間たちも剣や魔法で応戦し、瞬く間にゴブリンたちの数が減っていく。

シオンを見て、ラギは返り血を拭うこともなく酷薄な笑みを浮かべてみせた。

「はっ、見ろよ無能。この俺にかかれば、ゴブリンなんて敵じゃ――」

「ラギ！　後ろだ！」

「ああ……っ!?」

ラギが怪訝《けげん》そうに振り返った瞬間、その笑顔が凍りつく。

その背後。シオンたちが潜んでいた丘からは、死角になった場所。

そこには大きな洞穴が開いていた。

地響きを上げながら、そこから巨大な影が這《は》い出てくる。

「ギャ、グルァ……」

それは一匹の大きなゴブリンだった。

身の丈はおおよそ五メートル。ずんぐりとした体軀には数多くの傷が刻まれていた。

その後ろから、通常サイズのゴブリンたちが何匹も出てきて……。

（まずい……!?　ゴブリンキングだ！）

ゴブリンはコロニーを作る習性があり、それを統括するリーダーが存在する。

まれにそのリーダーは、一般的なゴブリンを遥かにしのぐほど大きく成長することがあり……そうした個体を『キング』と呼ぶ。

並の冒険者では、いくら徒党を組んでも歯が立たない大ボスだ。

その巨体が、ゴブリンたちの返り血を浴びたラギのことをまっすぐ正面から見下ろしていた。

血走った目に宿るのは、たしかな殺意の光。

「っ……引き返せ、ラギ！　手を出すな！」

「うわああああああ!?」

シオンの制止も聞かず、ラギはがむしゃらに剣を振るった。

並のゴブリンならばあっさりと斬り伏せられる一撃だ。

しかしその剣先は、ゴブリンキングの右腕をほんの少しかすめただけで弾かれてしまう。

それでもわずかに皮膚が裂け、そこからどろりとした血がにじむ。

ゴブリンキングは大きく息を吸い込んで――天地が戦慄《わなな》くほどの咆哮を上げた。

「グガッ、ルアアアアアア！」

「ひっ……!?　く、来るなあ！」

「ラギくん!?　どこ行くのよ!?」

背を向けて駆け出すラギのことを、キングと他のゴブリンたちが猛然と追いかけていく。

仲間たちは驚いて声を上げるものの、まだその場には敵が何匹か残っていて、その行く手を阻まれた。傷ついた仲間もいて、レティシアはその回復にかかりっきりだ。

だからシオンはためらいなく動いた。

「俺が行って助けてくる！」

「だ、ダメです、シオンくん！　危険すぎます！」

「大丈夫！　レティシアたちはここを片付けたら、すぐに拠点へ戻ってくれ！」

「シオンくん!?」

レティシアの制止の声を振り切って、シオンはラギたちを追いかけていく。

こうなったのはラギの自業自得ではあるものの……だからと言って、見殺しにはできなかった。

とはいえ、シオンは彼のように無策で飛び出したわけではない。

(この辺の地理なら頭の中に入っている……！　先回り、できるはずだ！)

散々ラギたちにこき使われたのが、皮肉にも功を奏した。

木々の隙間を縫って懸命に走れば、なんとかゴブリンキングを避けてラギに追い付くことができた。木の根で躓《つまず》いたのか、地面に転んで立ち上がれずにいたラギへ、シオンはまっすぐ手を伸ばす。

「ラギ！　掴まれ！」

「シオン……!?　おまえ、なんで――」

「話は後！　こっちだ！」

ラギを助け起こして、シオンはそのまままっすぐに駆け出した。

キングの咆哮はすぐ後ろに迫っており、木々を力任せに押し倒す轟音が断続的に響いてくる。

それでもなんとか目的の場所へたどり着いた。

木々が突然消え失せて視界が広がる。

シオンの肩を借りていたラギが、目の前の光景を見て小さく喉を鳴らした。

「終わりの洞……!?　こんなところに来るとか正気か、おまえ！」

「ここ以外に選択肢はないだろ！」

それがいつからそこにあるのか、地元の者は誰も知らない。

深い森のただ中。

そこに広がっているのは、巨大な穴だ。

小さな村くらいならすっぽり収まりそうなその穴はとても深く、ひたすら闇ばかりが広がっている。かつてその穴の底を調べるために多くの冒険者が下りていったというが、帰ってきた者は誰もいない。

時折穴底からは亡者の呻き声が聞こえてくるという噂もあり……異界に通じる大穴だと囁かれる

不吉な場所だ。

穴に架かっているのは、今にも切れそうな細い吊り橋ただひとつ。

シオンはその橋を指差して作戦を告げる。

「あの橋を渡るぞ！　ゴブリンたちが来る前に橋を落とせば、なんとか逃げ切れるはずだ！」

「わ、わかった……！」

危機的状況のためか、ラギは憎まれ口ひとつ叩くことなくうなずいた。

こうしている間にもゴブリンたちはすぐ後ろに迫っている。

ふたりは必死になって吊り橋を渡る。

橋はひどく古びており、板が外れた箇所がいくつもあった。

それでも懸命に走れば、対岸がもうすぐ目の前に見えてくる。

（逃げ切れる……！）

気が緩みかけたそのときだ。

シオンの背後で何かが風を切る音がした。

「ぐあっ！」

「シオン!?」

頭に激痛が走り、シオンは橋の上で倒れ込んでしまう。

翳《かす》む目を開けば、すぐそばに石が転がっているのが見えた。赤い血が一筋、額を伝う。

ゴブリンたちが石を投げたのだとすぐに分かった。

そして、奴らはもうすぐそばまで迫っていた。その、耳を聾《ろう》するほどの足音が体全体に伝わってくる。咆哮が轟き、殺気がシオンの背中を刺し貫く。

「ら、ラギ、助け……っ!?」

シオンは必死になって助けを求める。

しかしその言葉の続きは、喉の奥へと消えていった。橋を渡り切ったラギは、倒れたシオンを見て——ぞっとするような薄笑いを浮かべていたのだ。

「はっ……雑用以外で、おまえが役に立つ場面が来るとはな」

彼はその手に剣を握っていた。何をするつもりなのか一瞬で分かった。

シオンの背中を冷たい汗が伝う。

「礼を言うぜ、シオン。俺の代わりに……死んでくれるなんてよぉ!!」

「ラギ！　やめ——」

シオンの叫びはゴブリンたちの咆哮によってかき消され、ラギは躊躇なくその剣を振り下ろした。

橋を繋ぐ縄があっけなく断ち切られる。

ロープを掴む余裕もなかった。天地も分からなくなるほどの浮遊感が襲い、シオンはゴブリンたちもろとも深い闇の底へと真っ逆さまに落ちていった。

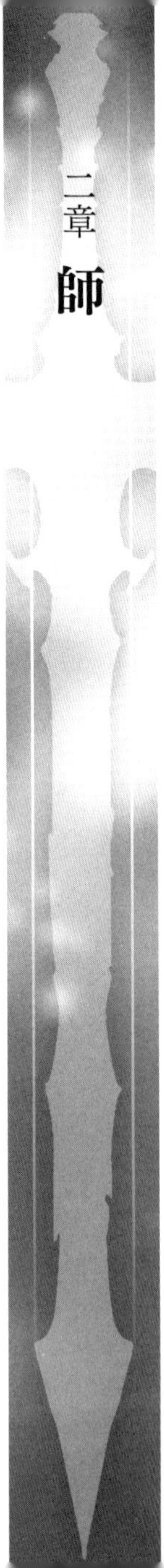

# 二章　師

「っ……うわあ!?」

意識を取り戻し、シオンは慌てて跳ね起きる。

バクバクとうるさい心臓を落ち着けるうちに、違和感に気付く。

「あ、あれ、生きてる……なんで？」

体をあちこち触ってみるが、怪我は軽いかすり傷くらいのものだった。骨ひとつ折れていない。

悪い夢を見たのかと思うのだが……あいにく、目の前には吊り橋の残骸が転がっていた。

間違いなく、あの出来事は現実だ。

ラギによって異界に通じていると噂される終わりの洞に落とされた。

「どうして俺は助かって…………は？」

顔を上げて、シオンは言葉を失ってしまう。

そこにはおかしな光景が広がっていたからだ。

目の前に続いていたのは、見渡す限りの草原だった。

遥か頭上からは太陽の光が燦々《さんさん》と降り注ぎ、蝶がひらひらと舞う。

シオンが落ちたはずの終わりの洞はかなりの大きさがあったものの、こんなふうに地平まで続くほどではなかったはず。

そして何より目を引いたのは、草原のただ中に建てられた大きな石碑だった。

その正面に、ボロボロの布をまとった人物が座っているのが見えた。

シオンは慌ててそちらへ駆け寄る。

「あ、あの、ここはいったい…………っ!?」

声をかけようとしてハッと気付く。

布をまとっていたのは古びた骸骨だったのだ。

その遺体は完全に風化しており、歳月の経過を窺わせる。胸に抱くのは大ぶりの剣で、彼（彼女かもしれない）はそれにもたれかかるようにして永久の眠りに就いていた。

シオンはその人骨と石碑を見比べて、ごくりと喉を鳴らす。

（ひょっとして……ここはお墓なのか？　でも、いったい誰の……？）

そんな考えに思い至った、そのときだ。

「グルルルウウウ……」

「なっ……!?」

背後で、地の底から響くような低い唸《うな》り声が聞こえた。

慌てて振り返れば、そこにはあのゴブリンキングの姿があった。

地に伏せたその体には、シオン同様目立った怪我はない。

手下のゴブリンたちも似たようなもので五体満足だ。

彼らもまた今し方意識を取り戻したらしく、かぶりを振って起き上がろうとする。

シオンは腰の剣に手をかけ、逡巡する。

相手はラギでも歯が立たなかった強敵だ。

ただのゴブリン一匹も倒せないシオンに、為す術はない。

だがしかしこんな見晴らしのいい場所では逃げることすら不可能だ。

(ど、どうする……!?)

「だったら、戦うしかない……！」

シオンはあらん限りの力で剣を強く握りしめた。

勝ち目はわずかにも存在しない。そんなことくらい分かりきっている。だがそれでも、足掻《あが》くことなく死を待つだけなんてまっぴらごめんだった。

「俺はこんなところで死ぬわけにはいかないんだ……！」

恐怖ですくみそうになる体を鼓舞して、力強く敵へと駆け出す。

敵はようやく意識を取り戻し、どうやら朦朧《もうろう》としているらしい。地面に手を突き、立ち上がろうとする様は隙だらけだ。そこを奇襲する以外、シオンに勝算は見当たらない。

一気に距離を詰め、丸太のように太い首筋に剣を突き立てようとするも――。

「グア……グルアアアアッ！」

「うぐっ……!?」

ゴブリンキングは片手でシオンのことを払い飛ばした。

それはただ羽虫を厭《いと》うような、ひどく煩わしげな一撃だった。

たったそれだけの一撃で、シオンは勢いよく吹き飛ばされて石碑に叩き付けられる。何かが砕けるような音が耳の奥でいくつも聞こえた。地面に転がり喘《あえ》ぐものの、うまく酸素が取り込めない。

痛みと苦しさで、意識が今にも遠のきそうだった。

（やっぱり、ダメ、か……！）

力の差は歴然だ。

しかも今の一撃で敵を刺激してしまったらしい。立ち上がったゴブリンキングとその手下たちが爛々と赤く輝く瞳でシオンのことを見つめているのが、かすむ視界でも確認できた。

それでもシオンは剣を杖にして無理やり立ち上がる。

口の端を伝う血を拭い、鈍痛をごまかすようにして闘志を口にした。

「まだだ……！　まだ、俺はやれる……！」

足掻けば足掻くだけ敵を刺激して、今よりひどい目にあうかもしれない。

それなら諦めた方がずっと楽に死ねるかもしれない。

だがシオンは震える剣先を敵へとまっすぐ向けた。

(あの人なら……賢者ダリオなら、こんなところで諦めたりなんかするもんか！)

恐怖を上回ったのは、憧れという強い炎だ。

せめて憧れの英雄に恥じぬよう、戦い抜こう。そんな決意を胸に、もう一度踏み出そうとするものの――。

ちゃき。

シオンの背後で、金属がかすれるような小さな音が響いた。

「へ……っ!?」

ハッとして目を見開き、石碑の方を振り返る。

そうして完全に凍りついた。ゴブリンキングのことなど一瞬で頭から吹き飛んだ。

なにしろボロ布をまとった骸骨が、剣を携えてゆっくりと立ち上がったからだ。

「う、うご……動いてるううう!?」

驚きのあまり裏返った悲鳴が喉の奥から迸《ほとばし》る。

だがしかし、もっと驚愕《きょうがく》すべき光景が繰り広げられた。

骸骨は泰然とその場に立つ。

左手で鞘を持ち、右手は剣の柄へそっと添えられた。

風が吹けば飛ぶような、枯れ木のような立ち姿だ。だがしかし、言い知れぬ気迫に満ちている。

「グルゥ……アアアアアアアアア！」

ついにゴブリンキングが雄叫びとともに地を駆けた。

まっすぐ迫り来る巨体を前にして、骸骨は微動だにしない。

だが不意にその出で立ちが、膨れ上がったように見え――。

【…………！】

音も殺気も、そよ風すらも伴わなかった。

だがしかしその一撃は、たしかに世界を一変させた。

「グギャァアアッ！？！」

「なっ……!?」

次の瞬間、ゴブリンキングの巨体に幾多もの亀裂が走り、細切れの肉片となって崩れ落ちた。手下のゴブリンたちも同様だ。

あとにはむせ返るような血の臭いと、断末魔の反響だけが残る。

【…………】

骸骨はいつの間にか剣を抜いていた。

ゆっくり鞘へと収めるその白刃には、一滴の血も付着してはいない。

それでもゴブリンたちを断ち切ったのけその剣だと、シオンは直感していた。

(す、すごい！　いったい何をやったんだ……!?)

瞬きひとつしなかったはずなのに、骸骨がいつ刃を抜いたのか、どのような剣技を繰り出したのか、シオンの目では捉えることもできなかった。

地面に膝をついたままぽかんとその立ち姿を見つめていると、骸骨がこちらに向き直った。

そのぽっかりと開いた暗い眼窩《がんか》がシオンを捉え――顎骨が動く。

【汝、名は？】

「うわっ!?」

その口から放たれたのは、厳格そうな男の声だ。

(が、骸骨がしゃべった!?)

あまりに現実離れした光景に、シオンはあんぐりと口を開いて固まるしかない。

それでも骸骨はなおも淡々と言葉を紡ぐ。

【名は？】

「あっ……！　し、シオン……シオン・エレイドル、です」

【ふむ、シオンか。悪くない名だな】

「は、はあ……」

骸骨は【ふむ】、とうなずき顎を撫《な》でる。

やけに人間らしいその姿に、シオンの気がすこしゆるむ。

しかしそれも一瞬で吹き飛ぶことになる。

骸骨が己の胸に手を当ててこう告げたのだ。

それはシオンの人生の中で、最も衝撃的な言葉だった。

【よく聞け、シオンとやら。我が名はダリオ・カンパネラ。かつて賢者と呼ばれし者だ】

「け、賢者ダリオ!?」

骸骨が告げたのは、シオンが憧れる古《いにしえ》の英雄の名で。

固まるシオンにもかまうことなく、賢者を名乗る骸骨はよどみなく言葉を紡ぐ。

【我は生前、血の滲《にじ》むような研鑽を積み、剣と魔法を極めて最強の頂にまで上り詰めた。だがしかし……後継者には恵まれなかった】

ダリオは鍛え上げた己の技術を次代の者に託し、さらなる高みを目指してもらおうとした。

だがしかし、その時代に彼のお眼鏡に適う者はなく……それゆえこの世に魂を留め、自身の技術を伝授するに値する後継者をずっと待っていたのだという。

【シオン。この場所にたどり着いた汝には、その資格がある】

骸骨は腰を落としたままのシオンに、右手を差し伸べる。

ひどく風化した骨の手は、言い知れぬ力強さを感じさせた。

【汝が力を望むのなら、我が持ちうる技術のすべてを授けよう】

「っ……!」

シオンは言葉を失うほかなかった。

突然目の前に現れた骸骨が賢者ダリオを名乗り、シオンを後継者にしたいという。

あまりに荒唐無稽な話だ。

だがしかし、シオンは笑い飛ばすことができなかった。

彼の力の一端は、先ほど目にした通りだ。おまけに彼が語った言葉に矛盾がないことは、ダリオの本を読み漁《あさ》ったシオンがよく理解していた。

(たしかに賢者ダリオは晩年行方不明になって、その最期は誰も知らない！　弟子がいなかったのも本当だし、それに……！)

彼が携える剣を、シオンは改めて凝視する。

風化の激しいダリオ自身とは対照的に、その美しい剣にはわずかな錆も見当たらなかった。柄には揺れる炎のような紋章が刻まれている。

(あの剣、本で見たことがある！　ダリオが当時持っていたっていう、伝説の魔剣だ……！)

かつてこの剣を巡って多くの種族が争い合ったという。

その争いを治め、魔剣を手にしたのが、他ならぬ賢者ダリオなのだ。

(つまり本当に、あのダリオが俺を後継者に……!?)

幼い頃から憧れてきた大英雄。

そんな人物が自分に手を差し伸べているのだ。

シオンは胸が打ち震えたが——深くうつむいて、かすれた声を絞り出す。

「……あなたのことは存じ上げています。素晴らしい功績を残した、伝説の人だ」

【ほう、我が名は後世にも伝わっているのか】

「はい。俺はあなたに憧れていました」

その言葉に嘘はない。賢者の存在は今もシオンの憧れだ。

だからこそ、シオンはその手を取るわけにはいかなかった。

「でも……俺にはあなたの後継者なんて務まりません」

【……何？】

「俺には、神紋がないんです。なんの才能も持っていないんです」

それからシオンはうつむいたまま、己の半生を語った。

ダリオに憧れたこと。神紋を持たないなりに、地道な努力を続けてきたこと。

それでも努力は実らず、さらには仲間から手酷い裏切りにあったこと。

（ゴブリン一匹倒すこともできないんだ。いくらダリオの教えがあっても……神紋を持たない俺じゃ、彼の足下にたどり着く前に寿命が来るに決まってる）

シオンにとって賢者ダリオは憧れの人だ。

だから、そんな人をがっかりさせるような真似はしたくなかった。

「ですから、どうか別の人をあたって……っ!?」

そっと顔を上げ、シオンは凍りつく。

ダリオはじっとシオンを見つめていた。

もちろん骸骨なのでその表情は一切変わらない。

しかしシオンの目には、彼が忌々しげに眉をひそめているように見えたのだ。

ひりつく殺気が突き刺さって、完全に二の句が継げなくなる。

やがてダリオは舌打ちとともに吐き捨てた。

【なんだその、ラギとかいう恩知らずのクソガキは】

「……はい？」

その口から飛び出したのはシオンへの失望ではなかった。

完全に予想外のその言葉に、シオンは目を瞬かせるしかない。

ダリオは憤懣《ふんまん》やる方なしとばかりにぶつぶつこぼしつつ、拳をバキバキと鳴らす。

【我が後継者候補に命を救われておきながら、恩を仇で返すとは不届き千万。よし決めた。後継者云々の話は置いておいて、まずはそいつをしばきに行くか】

「わあああ!?　ま、待ってください!!」

剣を持ったままどこかへ歩き出そうとするダリオの腰あたりに、シオンは慌てて飛びついた。もちろん相手は骨なので、出っ張った腰骨に顔を打ち付けてしまってとても痛い。

それでもシオンは必死になって彼へと訴える。

「たしかに俺もあいつのことは許せませんけど……あなたが出て行ったら、さすがにそれはオーバーキルです！」

【なに安心しろ、命までは取らん。せいぜいちょっと人体のパーツが減ったり増えたりするだけだ】

「ちょっと減るだけでもまずいです！　っていうか、パーツが増えるってどういうことですか!?」

【我、剣だけでなく魔法の方も得意でな。回復魔法の構成をちょちょいっといじって☆☆☆すると、###が＊＊＊になってあら不思議。人体のあらぬ場所から◎◎◎が大量に生えてきて――】

「それ完全に禁術とか邪法的なやつですよねえ!?」

夢に見そうなグロめの解説を遮ってシオンは叫んだ。

彼の腰にしがみつきながら、ついでにじとっとした目を向けてみる。

「っていうか、なんか急に口調がフランクになってませんかね……？」

【先ほどはファーストコンタクトゆえ、ちょっと格好付けてみた。今ではこんなビジュアルだしなかなか様になっていただろう？】

「意外とお茶目な人だった……！」

さすがにこんなことは本に書いていなかった。

「って、そうじゃないです！　話を聞いてましたか!?　俺は神紋がないから、あなたの後継者なんて無理なんですってば！」

【はあ？　汝はいったい何を言い出すのだ】

ダリオは怪訝な顔をして――やはり骸骨なのだが、なぜか表情がわかりやすかった――シオンをべりっと引き剝がす。

そうして腕組みして、呆れたように口を開いた。

【汝が神紋を持たぬことくらい最初から理解しておる。そうでなければここにはたどり着けん。そういう仕組みだからな。あのゴブリンどもは汝のオマケにくっついてきただけだ】

「ど、どういうことですか……？」

【我が後継者として欲したのは神紋を持たぬ者だ。生前の我と同じく、な】

「なっ……!?」

ダリオがこともなげに告げた言葉に、シオンは大きく息を吞んだ。

(神紋を持たなかった……!?　あのダリオが!?)

嘘を言っているような雰囲気ではない。

彼は平然としたまま小首をかしげてみせる。

【なんだ、我の名は後世にも伝わっているのだろう。なぜその程度のことも知らぬのだ】

「い、いえ、あなたの神紋については、なんの情報も残っていなくて……」

【ちっ、なるほど。教会の息がかかった者が意図的に隠したな？　もしくは吸血姫か冥王の差し金か……どのみちクソには変わらんが】

ダリオはぶつぶつと悪態を吐き続ける。

なんだか納得している様子だったが、シオンはそういうわけにはいかなかった。

「ほ、本当なんですか……？　とても信じられないんですけど……」

【疑り深いな。だがまあ、証明するのは簡単だ】

そうしてダリオは右手の甲をシオンに向けて、簡潔な呪文を紡ぐ。

【旧き精霊たちよ、我が祝福をここに示せ】

それはかつてシオンが幼い頃にかけてもらった、神紋を判別する魔法だ。

呪文によって生じたほのかな光がダリオの右手を包み込むものの、すぐに霧散してしまう。何の紋様も浮かび上がらない己の手をひらひらさせて、彼は肩をすくめてみせる。

【ほらな？】

「俺と、同じだ……！」

つまり本当に、ダリオはシオンと同じく――神紋を有さない者だったのだ。

シオンは思わず彼にすがり付くようにして叫んでしまう。

「神紋なしで……何の才能もなくて、いったいどうやってそこまで強くなったんですか!?　教えてください！」

【知りたいか？　極めて簡単なことだ】

ダリオはニヤリと笑うようにして、ひどくあっさりとこう告げた。

【地道に努力した。ただそれだけだ】

「……は？」

シオンは言葉を失うしかない。

そんな中、ダリオは軽く腕を振るう。

するとその瞬間にゴブリンキングたちの死体に紅蓮の炎が宿り、あっという間に灰と化した。血の臭いもどういう原理かきれいさっぱり消え去ってしまう。

ダリオは両手を広げ、どこまでも続く草原を示す。

【我が弟子となるのならば、汝にはこの場所を授けよう】

「ここ……この場所っていったいなんなんですか？」

【現世の理から外れた場所だ。莫大な魔力に満ちておるゆえ、時が希釈されている】

ダリオは淡々と言い、顎を撫でて要約する。

【まあ平たく言うと、ここでの百万年は外界の一分に値する】

「百万年……!?」

【体感そのくらいだ。我も人からパク……譲り受けた場所ゆえ、詳しい原理は知らんがな】

おまけに、この空間でどれだけの時を過ごしても年を取ることはない。老化スピードは現実世界準拠らしい。

そのくせ、ここで積んだ経験はしっかり蓄積されるという。

【我もかつては汝のように、神紋を持たぬせいで無能と蔑まれて生きてきた。だが、この場所で気の遠くなるほどの歳月、鍛錬を積んだ結果……これだけの力を得たのだ】

そう言ってダリオは己の剣を掲げてみせ、ニヤリと笑う。

【それに、先ほど汝の話を聞いてますます確信した。汝はそのラギとかいう愚か者を、命をかけてでも救おうとしたのだろう？】

「は、はい……でも結局、捨て駒にされましたけどね」

【結果はこの際どうでも良い。大事なのは、汝が損得度外視で動けるお人好しだということだ。そんな大バカ者こそ、我が後継者にふさわしい】

「俺が、あなたの後継者に……」

シオンが茫然とその言葉を口にすると、ダリオは力強くうなずいた。

【ともあれ甘やかすつもりは毛頭ない。修行は過酷を極めるぞ。いくら年を取らぬと言っても、時間の感覚はそのままだ。最悪精神的に死ぬ可能性もあるし、何億回と死にかけるであろうな】

そら恐ろしいことをこともなげに言い放ち、ダリオはシオンに右手を差し伸べる。

【おまけに地味だ。何万年と剣の素振りをし、何十万年と同じ魔法の反復練習。それでもやるか？　決めるのは汝だ、シオン】

「俺、は……」

シオンはごくりと喉を鳴らす。

本当にとんでもないことになった。

ゴブリンに追い回されていたのが、ずっと昔のことのように思える。

冗談めかしてはいるものの、ダリオの言葉は真実だろう。そもそも何万、何億年という時間をかけた修行だ。どれだけ壮絶なものになるのか予想もつかない。

しかしシオンは恐怖など一切感じていなかった。

むしろ心の底からワクワクしていた。

(時間さえかければ……神紋を持たなくても、俺だって強くなれるんだ！　あのダリオみたいに！)

ラギに復讐するためでも、これまで自分を嘲笑った者たちを見返すためでもない。

人生で初めて感じる強い可能性に、すべてを賭けてみたい一心だった。

ダリオの手を迷うことなく握り返し、シオンは声を張り上げる。

「やります！　どうか俺を弟子にしてください！」

こうして気の遠くなるような修行が始まり、それはダリオの言ったとおりひどく地味なものだった。

最初、シオンは基礎体力作りを課されることになった。

走り込みや単純な筋トレ、水泳訓練……などなど。どこまでも続くこの空間は、どうやらダリオの自在に作り替えることができるらしかった。草原になったり、大海原になったり、はたまた講堂のような場所にもなった。

おまけにこの中ではどういう理屈か、腹も空かないし睡眠も必要としないらしい。

だからシオンは文字通り、ひたすら訓練に没頭した。

訓練を続け、限界が来たら少し休み、また訓練を続ける……その繰り返しだ。

これまでも自分ひとりで自主鍛錬を続けてきたが、それの比ではないくらいに、ひどく地道で気が遠くなるような時間だった。たったひとりだけでは、百年も正気が持たなかったかもしれない。

それが続いたのはダリオのおかげでもあった。

【よし、五万時間前に比べてフォームがよくなった。その調子だ】

「はい、師匠！」

ダリオはシオンの細かい成長に気付き、褒めてくれた。

体力作りに付き合ってくれただけでなく、魔法の基礎的な授業も行ってくれて、何度やっても失敗するシオンのことを決して蔑んだりしなかった。

シオンの成長は、自分でもわかるほどに遅々としたものだった。

小さな炎を生み出したり、そよ風を起こしたり……そんな子供だましのような魔法でも、習得までに実に何年もの時間がかかった。

だから、あるときシオンはダリオにこう尋ねてみた。

「こんなに出来の悪い弟子なのに、師匠は失望したりしないんですか？」

【はあ？】

するとダリオは顔をしかめて――この頃にもなれば、彼の表情の変化がはっきり分かるようになっていた――つまらなそうに答えてみせた。

【何を言う。我も昔は汝と同じ能なしだったのだぞ、失望などするものか】

「でも、時々思うんです……俺がもし神紋を持っていたら、もっと早く成長できたのに、って」

【ふむ。我もその昔ぶち当たった苦悩だな】

ダリオは顎を撫でてから、朗々と語る。

【たしかに神紋を持つ者は才能を有する。だがそれと同時に、向かない分野が存在するであろう？】

「えっと……赤神紋の人は炎の魔法が得意だけど、水とか氷の魔法は習得できない……とか、そういうことですか？」

万能の神紋というものは存在せず、すべてに一長一短が存在する。

草木を操る緑神紋は、炎を操る魔法が。

回復魔法に長けた白神紋は、その他一切の攻撃魔法が。

不得意な分野に関してはどれだけの歳月をかけようとも習得することは不可能で、だからこそ冒険者は己の短所を補うために複数人のパーティを組むのだ。

【そのとおり】

そう言って、ダリオは右手の甲をかざしてみせた。

神紋の光らないその手を、彼はどこか誇らしげに見つめて笑う。

【神紋を持たぬ我らには何の才能もない。だがそれは裏を返せば、どんな分野にも不得手がないということだ。事実、初級魔法とはいえ、汝は様々な魔法を習得できているだろう？】

「そう言われてみれば……」

習得こそ遅いものの、シオンはどんな魔法も等しく覚えることができていた。

とはいえここに来るまでに百年ほどが経過していた。外の世界でまっとうに努力していたら、確実に寿命が尽きている。こんな常識外れの世界だからこそできた芸当だ。

シオンはごくりと喉を鳴らし、自身の右手の甲を見る。

「つまり俺は……無能だからこそ、誰より万能になれるってことですか？」

【この我のように、な。ともあれ、まだまだその領域には遠そうだが】

ダリオは肩をすくめて、くつくつと笑う。

そんな師に、シオンは思わず駆け寄った。

「だから師匠は神紋を持たない後継者を探していたんですね。自分が持つ、すべての技術を授けるために！」

【うん？　まあ、そういう点ももちろんあるが】

ダリオは頬をぽりぽり掻いて言う。

【汝なら分かると思うがな。神紋を持たないというだけで突っかかってくるバカどもがいるだろう？　やれ『神から見放された者』だとか『能なし』だとか】

「は、はあ……いますね。でも、それが何か？」

【我はただ単に、同じ無神紋を育て、もう一度そういうクソどもの鼻を明かしたいだけだな】

言いよどむシオンに、ダリオはにたりと笑った。

【無能と嘲笑っていた者が、いつの間にか己を上回っていたと知ったときのバカどもの顔ときたら……あれほど見応えのあるものはない！】

「薄々分かってましたけど、いい性格してますよね。師匠」

【そうは言うが、実際のところ楽しいぞ。舐め腐ったバカを泣かすのは！】

「はあ……」

からからと笑う師に、シオンは生返事をするしかなかった。

そのほかにも、ダリオとは様々な話をした。

【ほう、そのレティシアとかいうのが、汝の好きな女子か】

「なっ……ち、違いますよ!?　レティシアはその、なんていうか……」

【何を恥ずかしがる、色事も戦士の嗜《たしな》みだ。我もその昔は多くの美姫を侍らせたものよ】

「つまりそれって……ハーレムってことですか!?」

【おう。修羅場も飽きるほど経験済みだ。よければ我がいろいろ教えてやろうか？】

「け、けっこうです！」

濃厚な大人の世界を垣間見たり――。

「へえ……つまりこの世界のあちこちに、終わりの洞みたいな入り口があるんですか」

【うむ。ここまでたどり着けるのは神紋を持たぬ者だけだがな】

「じゃあ普通の人たちはどうなるんです？　これまで何人もの冒険者が終わりの洞に入って、二度と出て来なかったたって話なんですけど……」

【他の入り口に出るだけだな。どこに当たるかはランダムゆえ、いい冒険になったのでは？】

「運用が雑だなあ……」

恐ろしい噂話の真実を知ってしまったり、そうかと思えば——。

「もう我慢なりません！　師匠は適当すぎるんです！」

【何をぉ!?　ならば汝なんぞ破門だ破門！】

「望むところです！」

些細なきっかけで口喧嘩を繰り広げてみたり。

とはいえ最も多かったのは、ダリオからかつての冒険譚を聞く時間だった。

憧れの英雄の口から直に語られる物語は、どれもシオンの胸を高鳴らせた。

だからこそ、単調な修行にもなんとか耐えることができたのだ。

シオンは五百年くらいまでは日付を数えていたものの、途中から完全に忘れていた。

しかしダリオがちゃんと数えていてくれたらしい。

基礎の体力作りと魔法の習得が終わったのは、修行開始から一万年ほどが経過したある日のことだった。そこでようやく、シオンは剣を握ることを許された。

シオンの持っていた大量生産の安物を検めて、ダリオは軽くうなずいて投げ渡した。

【それじゃ、次は素振り十万年。始めろ】

「……はい」

シオンは軽く言葉を失いかけたが、大人しくうなずいて剣を握った。

この素振りの修行が特にキツかった。

体力作りや魔法の練習では、遅々としたスピードではあったが成長が実感できていた。

しかしこの修行は本当にただの反復練習で、ダリオも姿勢のアドバイスなどを軽く投げるだけで、ほとんど何も口出ししてこなかったのだ。

だだっ広い平原には、シオンの息づかいと剣が風を切る音だけが響き続けた。

何日も、何日も。

当初こそ意気込んで取り組んだ素振りの練習だが、その意欲も長くは続かなかった。

意気込みは猜疑に、怒りに、そして無へと変わった。

何の変化もない繰り返しは、シオンの精神を徐々に蝕んでいった。

うずくまったまま、動けなくなった時もあった。それでもシオンは立ち上がり、機械のように剣を振り続けた。

百日が過ぎ、一年が過ぎ、十年、五十年、百年……時間はあっという間に過ぎていった。

そうして気付いたとき、シオンは草原に転がっていた。

「はっ…………!?」

【お帰り、弟子よ】

「し、師匠……？」

石碑に腰掛けながら、ダリオは軽く片手を振る。

シオンは体を起こそうとしたが、指一本たりとも動かなかった。見ればあちこち酷い怪我だ。死んでいないのが不思議なくらいで、そばには折れた剣が転がっている。

焼けるように痛む喉を震わせて、シオンは声を絞り出した。

「師匠……俺、なんでこんなにボロボロなんですか……？」

【なに、ちょっと精神に異常をきたしてな。我に襲いかかってきただけだ】

ダリオは事もなげにそう言って、回復魔法をかけてくれた。

聞けば剣の素振りを続けた末、正気を失ったシオンとずっと戦い続けていたらしい。シオンが倒れると魔法で治療を施して、また向かってくるのをぶっ飛ばしたという。

師は倒れたシオンのそばにしゃがみ込み、ガシガシと頭を撫でる。

【かれこれ千年ほど相手をしてやったかな？　まったく手間をかけさせおって】

「はあ…………ご迷惑をおかけしました」

【なに、気にするな。我も昔まったく同じ道をたどったものよ】

そう言ってダリオはからからと笑う。

骨の指先が痛いものの、シオンは文句一つ言わずされるがままになっていた。

師の上機嫌がありありと伝わってきたからだ。

（つまり、ちょっとは認めてもらえたってことなのかな…………うん？）

ほんのりとした満足感を噛みしめる。

しかし、それはあっという間に消え去った。

自分の頭を撫でる骸骨の姿が一瞬だけ、銀髪をなびかせる美女の姿に見えたのだ。

（えっ……何だ、今の美人）

ダリオの肖像は筋骨隆々とした男性のものだったし、女性と見間違えるはずはない。まったく見覚えのない美人だった。目を細めてじっと師の姿を凝視するが、先ほどの謎の美女は二度と見えなかった。

ダリオはそんな弟子のことを訝《いぶか》しげに見下ろしてみせた。

【なんだ、急に黙り込んでどうかしたのか】

「いえ……やっぱり俺、まだちょっとおかしいみたいです……師匠のことが変に見えたんです」

【はあ？　視神経には問題がなさそうだが……まだ正気を取り戻していないのか？　だったら雑念を捨てるべく、もう五万年素振りだな】

「そうします……」

シオンはよろよろと起き上がり、砕けた剣を魔法で直して素振りの修行を再開させた。


素振りの期間が終わっても、修行はひどく地道に続いた。

来る日も来る日も体力作りに剣の練習、魔法の訓練。

正気を飛ばして、気付けば草原に転がっていることも多かった。

それでもシオンは着実に力を付けていった。剣を自分の手足のように操れるようになり、魔法の威力も少しずつ大きくなっていった。

そのうちダリオが数える年数が万から億に変わり、シオンもよくわからない桁になったころ。

師は自身の剣を抜き放ち、シオンの喉元に突きつけてこう告げた。

【我を倒せ。それが最後の修行だ】

そこからの修行は、地道な上に過酷なものとなった。

シオンはダリオに挑み続けたが、最初は剣を交えることもできなかった。

対峙したその瞬間に敵わないことが分かったし、次の瞬間には血まみれで倒れていた。それで、どうやら手加減するつもりは毛頭ないらしいとわかった。

それでも何百、何千、何万回と繰り返すうちに変化が生まれる。

剣を打ち合うことができた。

五回に一回、太刀筋を見切ることができた。

ダリオのまとうボロ布に、ほんの少しだけ剣がかすめた。

たったそれだけの小さな進歩。

それらがシオンの胸を大いに高鳴らせた。

相手は今となっては気の遠くなるほどの昔、本を通して憧れた英雄だ。

その憧れに一歩一歩着実に近付いているという紛れもない事実が、闘志の炎に薪をくべた。

修行という目的も忘れ、シオンは愚直に挑み続けた。

どれだけ血にまみれ、四肢がちぎれようとも、自分で回復魔法をかけて再び立ち上がった。

楽しかった。

嬉しかった。

この時間が永遠に続けばいいとさえ思った。

それはダリオも同じらしかった。斬り結ぶたび、彼の胸躍る高揚感が伝わった。

師弟はただひたすらにしのぎを削った。戦い続けた。

そして、いったい何度目の戦いなのか、ダリオですら数えるのをやめたころ。

その運命の日はついに訪れた。

それはいつもの手合わせのようでいて、最初からどこかが違っていた。

【《フレアボム》】

灰色の空から紅蓮の火球がいくつも降り注ぎ、枯れた大地を大きく抉《えぐ》る。

その火の粉をすり抜けて、シオンはただ目標――ダリオへ向けてひた走った。

「《フリーズウォール》！」

素早く呪文を唱えて解き放てば、すぐ頭上に分厚い氷の壁が出現し、火球と衝突する。

じゅっと短い音を立てて炎と氷は相殺され、かわりに白い霧が吹き荒れてあたり一面を覆った。

色濃い霧を切り裂いて、シオンは素早く剣を振るう。

キィンッ！

しかしその刃はダリオの剣によってあっさりと阻まれた。

伝説に刻まれる魔剣を相手に、シオンは幾度となく斬り結ぶ。

太刀筋をすべて見切って防ぐものの、シオンの腕や顔には細かな裂傷がいくつも刻まれていった。

この空間に来て、最初に見た師の技だ。

一切間合いに立ち入ることなくゴブリンキングを細切れにした一撃の正体は、超高速で振るわれた刃が起こす真空波のようなものだった。ダリオの剣は間合いなど関係なく、ただ刃を振るうだけで目の前のすべてをなぎ払うことができる。

あのときは何が起こったのか見ることさえできなかった。

しかし今ではもう、シオンは彼の攻撃を完全に読めるようになっていた。

次に来る斬撃も、魔法も、何もかもが手に取るように分かる。追いつける。先手が打てる。

瞬く間に百、千と放たれる斬撃をシオンはすべて漏らさず受け流すことができた。手応えに歯を食いしばる。

（ここまで果てしなく遠かった……！　でも、俺は……ようやくあなたにたどり着いた！）

体の奥底から不思議な力が溢れ出た。

血にまみれながら――シオンは笑う。

「師匠！　俺は今日こそ……あなたに追いつきます！」

【ッッ……!?】

刃を弾き、素早く懐へと滑り込む。

そうして渾身の力で己の剣を叩き込んだ。

そこまでダリオに肉薄できたのも、攻撃が当たったのも、これが初めてだった。

硬い手応えと鈍い音が響く。

ダリオの体は宙を舞い、がしゃんと音を立てて地面に叩きつけられた。

彼はよろよろと起き上がろうとするものの……そのまま力なく倒れて、ふっと笑みをこぼす。

【……見事なり。さすがは我が弟子だ】

「師匠！」

シオンは慌ててそちらに駆け寄った。

これが、シオンの人生で初めての勝利だった。

しかもその勝利を刻んだ相手が、ずっとずっと憧れていた人なのだ。シオンの胸はかつてないほどに高鳴っていた。

「どうですか、やりましたよ！　とうとう師匠に一撃……師匠？」

しかしダリオのそばまでたどり着き、シオンは言葉を失う。

ダリオの体が、指先から細かい粒子と化して崩れ始めていたからだ。

蒼白になるシオンの顔を見て、ダリオはからりと笑う。

【そんな顔をするな。潮時というやつだ。汝という、最高の後継者を育てることができたのだから……我の目的は達成された】

そう言ってダリオは上体を起こし、自身の魔剣を差し出した。

【この魔剣を持って行くがいい。我にはもう必要のないものだ】

「そんな……待ってください師匠！　俺はまだあなたに教わることがたくさんあるんです……！」

【バカを言え。我が教えられることはもう何もない。あとは汝が自ら探し、学ぶべきことだ】

ダリオは魔剣をシオンに押し付け、晴れ晴れとした笑みを浮かべる。

その骸骨の相貌に、本で見たのとよく似た男の顔がだぶって見えた気がして――。

【さあ行け、シオン。汝が力でもってして、世界を切り開くがいい！】

「師匠……！」

高らかな声を残し、ダリオの体は完全な砂と化して風に溶けて消えてしまう。

その瞬間、枯れ果てた大地から一面の草原へと景色が一変した。

最初にダリオと出会ったときとまったく同じ光景だ。

ただ、石碑の前にあったはずの白骨死体だけが消え失せている。

「そんな……聞きたいこととか、話したいこととかまだまだたくさんあったのに……もう会えないなんて……」

シオンは石碑の前に膝を突き、剣を抱えてうなだれるしかない。

破天荒な人（？）ではあったが、たしかに彼はシオンの師であり、憧れの人でもあり、兄のような存在だった。突然の別れを受け止めることなど、できるはずがない。

まるで心にポッカリと穴が開いたようで、師を超えた達成感よりも悲しみの方が――。

【いつまでそうしているつもりだ？　早く行け】

「うぎゃあああああああああ!?」

突然、抱えた魔剣からダリオの声がして、おもわずぶん投げてしまった。

魔剣は石碑に当たって地面に転がって、不服そうな声を上げる。

【おいこら。せっかく渡したのだから粗末に扱うな、師の形見だぞ】

「あっ、す、すみませ……じゃなくて、なんで!?　なんで剣から師匠の声がするんですか!?」

【言っていなかったか？　我の魂を封じているのはこっちの魔剣だ。あの骸骨は稽古を付けるための操り人形みたいなものだな】

「聞いてませんよ!?　っていうか、だったら今のやり取りなんだったんです!?　完全に今生の別れって流れだったじゃないですか！」

【まあ、それはそうなんだが……うむ】

シオンのツッコミに、魔剣――ダリオはごにょごにょと言葉を濁す。

骸骨でさえない剣の姿だが、それでも気まずそうに眉をひそめているように感じられた。

ダリオはやがて観念したように、ぽつぽつ打ち明ける。

【弟子を育て上げるという悲願も果たしたことだし、ちゃっちゃと転生して人生二周目を始めてみるのも悪くはないかと思ったのだが……土壇場になってふと、汝の道行きをもう少し見てみたくなったというか、うむ、なんだ……】

そこでダリオはいったん言葉を切ってから、気まずそうに続けた。

【その……邪魔ならとっとと消えるのだが？】

「……そんなこと言いませんよ」

シオンは苦笑して、転がった魔剣を拾い上げる。

そうしてゆっくりと鞘から抜いてみた。銀に輝く刀身には刃こぼれひとつなく、柄に刻まれた炎のような彫りからは熱気のようなものが伝わってくる。

かつて本で目にした憧れそのものが、今まさにこの手の中にある。

そのことを実感して、シオンは小さく息を呑んだ。

託されたものの大きさに気圧《けお》されてしまいそうになる。

それでもシオンは胸を張り、師へ決意を語った。

「それじゃあ、そばで見ていてください、師匠。どこまでやれるか分かりませんが……俺はもっともっと、あなたを目指して前に進みますよ」

【うむ、まあ精進するといいだろう】

ダリオはぶっきらぼうに言ってのけたが、上機嫌は隠しきれていなかった。

かくしてシオンは新たなる一歩を踏み出し、元の世界に帰ることになった。

体感何万、何億年ぶりに。

# 三章　因縁の決着

石碑に手をかざせば、まばゆい光が溢れ出す。
まぶたを閉ざしてしばらくすると……そこはもう外の世界だった。
目の前に広がるのは鬱蒼と茂る森林の風景だ。
太陽が高く昇っており、気候は春めいていて心地よい。
そしてシオンのすぐ背後には終わりの洞と呼ばれる大穴がぽっかりと口を開けていた。
遠い昔に感じられるあの日、ゴブリンキングたちとともに落ちた場所である。
縁には橋の残骸がぶら下がっているが、ほかに人影は見当たらなかった。
シオンの腰に下がった魔剣――そこに魂を宿したダリオが愉快そうに話しかけてくる。
【どうだ、久方ぶりの外界は】
「そうですね、ちょっと新鮮です」
シオンははにかんで、ゆっくりとあたりを見回す。
あのデタラメな空間にも風があったし、匂いがあった。
だが五感に訴えかける情報量は、外の世界の方が段違いだ。

風がめまぐるしく変わる上、色彩も匂いも温度も、何もかも重厚だ。

そして何より、あちらこちらで小動物の気配がした。

「うっ……？」

そこで違和感がこみ上げる。何事かと考えるより先に——。

「うっ、ぐ……おげえええええええ！」

シオンは木の陰に駆け込んで、そこで盛大に吐いてしまった。

胃の中がひっくり返るとはこのことで、四つん這いになってぜえぜえ呻くシオンへと、ダリオが気遣わしげな声をかける。

【おい、どうした。大丈夫か】

「ぐう……な、なんだか目が……目が回って……」

【はあ？　ああ、なるほど。気配に酔ったか】

ダリオは合点がいったとばかりに相槌を打つ。

【無理もあるまい。あの空間には生き物が我と汝しかいなかったからな。いきなり外の世界に出れば、様々な動植物の気配を感じて混乱するのも当然だ】

「いやでも、前はこんなことなかったですよ……？」

木々の鳥が、見なくても数えられる。

地を這う虫の足音が、耳元で鳴るように聞こえる。

風が運ぶ匂いによって、四方数百メートルほどの地形が手に取るようにわかる。

五感に訴えかける情報が、ここはあまりにも多すぎた。

こんなにも騒がしい世界でこれまで平然と生きてきたのかと、不思議に思うくらいである。

そう言うと、ダリオはからからと笑ってみせた。

【それだけ汝の感覚が研ぎ澄まされているということだろう。なあにすぐ慣れる。我も最初の内はちょっと寝込んだものだ】

「うう、意外な副作用で……っ!?」

【む、どうした】

そこで、シオンはハッと顔を上げた。

見据えるのは南東の方角だ。薄暗い森がずっと先まで続いている。

「今、たしかに声が……声がしました！」

【そりゃ、森の中だし声くらいは……って、おい。何処へ行く】

気配酔いなど一瞬で吹き飛んだ。ダリオに応える余裕もなく、シオンは一目散に走り出す。

体が軽く、大岩や木々を飛び越えて一直線に目的の場所を目指す。

そのうちに、声はハッキリと聞こえてきた。

切迫した少女の悲鳴と、複数のゴブリンの咆哮。

シオンはまさにその現場へと、草木をかき分け飛び出した。

「レティシア！」

「っ……！　し、シオンくん!?」

はたしてそこにはシオンのかつての仲間、レティシアがいた。

永劫にも思える時間を過ごしたあとの再会だというのに、彼女の姿はシオンの記憶とちっとも変わっていなかった。別れる前にシオンが巻いた右手の包帯さえそのままだ。

そして、そんな彼女のことを三匹のゴブリンが取り囲んでいた。

ゴブリンたちは突然現れたシオンに目をみはり、足を止める。

シオンはレティシアを背中に庇《かば》い、敵へと対峙した。

「下がってて。俺がなんとかするから」

「えっ、で、でもシオンくん……！」

慌てふためくレティシアを片手で制しつつ、シオンは腰に下げた魔剣に手を伸ばす。

(前は全然歯が立たなかった相手だけど……今は違う！)

気の遠くなるほどの修行の成果を試すときだ。

ゴクリと喉を鳴らし、剣をわずかに鞘から抜いた――そのときだ。

殺気を垂れ流していたはずのゴブリンたちが、一斉に体を震わせた。

「ギッ!?　ギギギャアアアアア!?」

「へ？」

割れんばかりの雄叫び——いや、悲鳴がすぐに上がった。

シオンが虚を衝かれて目を白黒させる間に、ゴブリンたちは脇目も振らずに逃げ出してしまう。

仲間が転んでも助け起こそうともしなかった。命乞いにも似た悲鳴はすぐに遠ざかり、やがてそれらの姿は木々の向こうに消えてしまった。

「ええ……なんで逃げたんだろ」

剣の柄から手を離し、シオンは首をかしげるしかない。

ゴブリンがあんな風に逃げる様なんて初めて見たからだ。

(なんだろ……腹の調子でも悪かったのか？)

釈然としないながらも、ハッとして背後のレティシアを振り返る。

「あっ、それよりレティシア！　怪我は——」

「シオンくん！」

「わわっ!?」

レティシアが突然シオンに抱きついて、胸に顔を埋めてくる。

おかげでシオンはひゅっと息を止めてしまった。

女の子に抱きつかれるなんて生まれて初めてだ。小さくて柔らかくて、いい匂いがする。何万年と修行して悟りを開いた身でも、煩悩への耐性はゼロだった。

ドギマギするシオンだが、レティシアは嗚咽混じりの声を上げる。

「よかった……！　生きていたんですね……シオンくん！」

「……はい？」

レティシアはつっかえながらも堰を切ったように言葉を紡ぐ。

「ラギくんが、シオンくんはゴブリンたちに追いかけられて終わりの洞に落ちたって……！　助からないだろう、って……！　でも、私、そんなの、信じられなくて……！」

レティシアは涙に濡れた顔を上げて、シオンのことを見上げてくる。

くしゃっと表情を歪《ゆが》めて、さらに嗚咽をあげる。

「ラギくんたちは、放っておけ、なんて冷たいことしか言わないし……だ、だから私、ひとりで捜しに来たんです……！　でも本当に、生きててよかったあ……！」

「ちょ、ちょっと待って。色々聞きたいことはあるけど……とりあえず泣き止もう？　ね？」

レティシアの涙を袖で拭って、シオンは必死になって宥める。

やがて彼女の涙が止まったころ、シオンはまずひとつの大きな疑問をぶつけてみた。

「さっきから言ってる、そのラギって……誰だっけ？」

「えええ!?」

レティシアが目を丸くして声を上げる。

そこで、ダリオがこそこそと教えてくれた。

【あれだろう、たしか汝の仲間。そいつに橋から落とされたんじゃなかったのか】

「えーっと…………あー！　そういえば！」

しばし脳内の記憶を漁り、ようやく思い出した。

シオンはパーティリーダーのラギから散々な扱いを受け、挙げ句の果てに殺されかけたのだ。

ダリオとの出会いや過酷な修行が濃密すぎて、もう完全に存在を忘れていた。

そんな呑気なシオンの反応に、レティシアは顔を真っ青にしてうろたえる。

「ま、まさか記憶喪失ですか⁉　落ちたときに頭を打ったとか……！」

「いやいや、大丈夫。思い出したから。それよりレティシア、俺がいなくなったのっていつのこと？　あれから何日経った？」

「へ？　昨日のことですから、丸一日くらいでしょうか……」

「そうか、たった一日か」

シオンはため息をこぼして空を見上げる。

久方ぶりに見る本物の太陽は、やはり以前と変わらずそこにあった。

現実世界ではたった一日。

されど、あの空間で過ごしたのは何万、何億という歳月だ。

まるで夢でも見ていたような心地だが、この体に満ちあふれる力が、あれらの日々が幻などではなかったことを証明している。

ひとり物思いに耽《ふけ》るシオンを見て、レティシアは小首をかしげてみせる。

「シオンくん、なんだか変わりました……？　それに、その剣はいったいどうしたんですか？」

「ああ、うん。ちょっと色々あってね」

シオンは曖昧な笑みを浮かべて誤魔化しておく。

謎空間で賢者ダリオに何万年と稽古を付けてもらった……なんて本当のことを言えるはずもない。

あまりにも荒唐無稽な話だし、仮に信じてもらえたとしてもレティシアを心配させるだけだと分かっていたからだ。

そこでダリオが声を弾ませる。

【ほう、この娘が汝の言っていたレティシアか。なかなか器量の良さそうな娘ではないか】

「そ、そうですけど……師匠、今はちょっと黙っててください。話がややこしくなりますから」

【案ずるな、我の声は他人には聞こえん。ゆえにここで我と言葉を交わしたところで、汝が『剣に敬語を使って話しかけるヤバいやつ』と思われるだけだ】

「なんだ、それならよか……って、何もよくないですよ!?　そういう大事なことはもっと早く言ってください！」

「し、シオンくん……？」

おもわず叫んでしまうシオンに、レティシアはますます蒼白な顔をする。

彼女から見ればシオンは『橋から落ちて丸一日行方不明になった末、仲間の名前も思い出せない上に、剣へと話しかける』状態だ。

どうひいき目に見ても重症としか思えないだろう。

「本当に大丈夫ですか……？　やっぱりどこか悪いんじゃ……」

「だ、大丈夫大丈夫！　ほら！　この通り怪我もないし、めちゃくちゃ元気だし！」

「でも……やっぱりちゃんと調べてもらった方がいいですよ」

腕をぶんぶん振り回して健康アピールをしてみるが、レティシアは納得しなかった。

シオンの手をぎゅっと握り、真剣な顔で言う。

「冒険者ギルドに行きましょう、シオンくん。私も一緒に付き添いますから」

「あ、ああ、うん。わかった」

シオンがおずおずとうなずくと、レティシアはすこしホッとした様子だった。

そのままシオンの手を引いて森をずんずんと進んでいく。

握った手のひらはとても温かく、シオンは落ち着くのを感じた。

（でもちょうどいいかな。冒険者ギルドでステータスを見てもらおう）

ゴブリンが逃げてしまったため、修行の成果が確認できなかった。

ならばもう直球だ。

修行前に比べてどれだけステータスが上がったか、調べてもらえばいいのである。

森を抜けてすこし歩けば、そこには小さな町が拡がっている。

町の冒険者ギルドは、今日もかなりの賑わいを見せていた。

依頼を探す者や、パーティのメンバーを探す者、冒険で取得した魔物の素材や鉱石などを鑑定してもらう者……他にも併設された小さな酒場で、酒を飲んだり軽食を囲んだりする者。みな様々な目的でギルドに集う。

いくつもある窓口はほとんど埋まっていた。それでも空きがないかとうかがっていると、奥から顔見知りのギルド職員がわざわざ出てきてくれた。

窓口に現れた赤髪の男は、シオンの顔を見て柔らかく相好を崩してみせる。

「おや、シオンじゃないか。今日も来たのか」

「こんにちは、フレイさん。お久しぶりです」

彼の名はフレイ・レオンハート。

その昔、学校にやってきてシオンの神紋を鑑定してくれたガントレットの青年だ。

今ではこの町の冒険者ギルドの支部長を務めている。

フレイは眉をひそめ、シオンの顔をまじまじと見つめる。

「久しぶり……？　つい一昨日会ったばかりだろう。それより今日はラギたちと一緒じゃないのか」

「えっと、それが色々ありまして……」

「聞いてください、フレイさん！　シオンくんが大変なんです！」

「なに……？」

レティシアが慌てたように切り出したため、フレイの顔が険しくなる。

それから彼女は、ことのあらましを語って聞かせた。

パーティのメンバーでクエストに当たっていたこと。

無茶をしてゴブリンの巣を襲撃した結果、ラギがゴブリンキングに追いかけられたこと。

それをシオンが助けに行って、ふたりで逃げたものの――。

「終わりの洞の吊り橋が偶然切れて、シオンくんだけがゴブリンたちと一緒に落ちたって……そう、ラギくんから聞かされました」

「ふむ、シオン。それで合っているかね」

「ああはい、それでいいと思います」

シオンは雑な相槌を打つ。

どうやらラギは自分に都合のいいように、説明をでっち上げたらしい。

(いやあ、どんな奴だったかあんまり覚えてないけど……ラギらしい気がするなあ)

ともかく話がややこしくなるので、その辺りはひとまず保留しておく。

「まったくラギときたら……多少腕が立つとはいえ、やはり素行に問題ありだな。無茶をしてパーティのメンバーを危険に晒《さら》すとは」

フレイは眉間にしわを寄せてため息をこぼす。

しかしふとシオンを見て目をすがめてみせた。

「それにしても、よくあそこに落ちて助かったな。これまで帰ってきた者は誰もいないというのに」

「あはは……運がよかったみたいですね」

笑ってごまかすシオンだが、レティシアはひどく心配そうにする。

「でもシオンくん、帰ってきてから様子が変なんです。記憶も混乱しているみたいで……だから鑑定魔法をお願いできますか？」

「もちろんだ。何か異常があれば、魔法医に紹介状を書いてあげよう」

フレイは二つ返事でうなずいて、簡単な呪文を唱え始める。

物の持つ価値を明らかにする鑑定魔法だ。

人に向けて使えば、その人がどのような状態なのか一目で分かるという。怪我を負っていないか、奇妙な呪いがかかっていないか……などなど。

そこで、シオンは慌てて声を上げる。

「あ、俺からもお願いが！　鑑定魔法を使っていただけるのなら、ついでにステータスも見ていただけますか？」

鑑定魔法で明らかになるのは、怪我や呪いの有無だけではない。

その人の能力……腕力や魔力、俗に言うステータスもおおよそ判明するという。

「ああ、一緒に見えるから問題ない。何か気になることでも？」

「い、いえその……」

賢者ダリオに師事して何万年と修行したので、その成果が知りたいです。

……なんてことを素直に話せるはずもなく、シオンは作り笑いを浮かべてみせる。

「崖をよじ登るのに、俺めちゃくちゃ頑張ったんです。だから体力ついてるかなー、って」

「ははは、なるほど。それは大変な訓練になったことだろう。少しでも上がっているといいな」

「はい！」

フレイは目を細めて微笑んでくれる。

彼もまたレティシア同様、シオンの数少ない理解者のひとりだった。

神紋がないことが判明したあの日から、ずっとシオンのことを気にかけてくれている。

「それでは……《ジャッジ》」

フレイが呪文を唱えれば、うすぼんやりとした光がシオンの体を包み込んだ。

その光はフレイの両目にも宿っていた。鑑定魔法を使った術者には、様々な情報が文字になって浮かび上がって見えるという。

「うむ、やはり健康状態に問題はないようだ。おかしな呪いの類いもないし、ステータスも
…………は？」

「？　どうかしましたか？」

フレイがぴしっと固まったので、シオンは首をひねる。

そのまま彼はたっぷり三十秒ほど何の反応も返さなかった。

シオンとレティシアは顔を見合わせるしかない。

やがてフレイはハッとしたように息を呑み、もう一度呪文を唱えてみせた。

「失礼。もう一度……《ジャッジ》」

「えっ、ちょ、ちょっと……フレイさん？」

フレイはそれから何度も鑑定魔法をかけ直した。

その合間に「は？」だの「どういうことだ」だの「こんなはずは……」などと不穏な独り言をこぼし、どんどん眉間のしわが深くなっていく。

最終的に、フレイはかぶりを振って盛大なため息をこぼしてみせた。

片手で覆った顔色はひどく青白い。

「…………すまない。今日は調子が悪いようだ。他に誰か手の空いた者を呼んでこよう」

「お、お手数おかけします……？」

窓口の奥へと引っ込んでいくフレイを見送って、シオンは眉を寄せる。

「フレイさん、体調よくないのかな。悪いときに来ちゃったなあ」

「心配ですね……」

レティシアもまた気遣わしげに吐息をこぼしてみせた。

そんなときだ。ふたりの背後で、悲鳴じみた声が響く。

「シオン!?」

「うん？」

振り返ってみれば、金髪の少年があんぐりと口を開けて立ち尽くしていた。

まるで恐ろしい怪物にでも遭遇したかのように顔面蒼白だ。

後ろに控える少年の仲間らしき面々も、目をみはって固まっている。

そんな少年の頭の天辺から足の爪先までをじーっと見て、シオンはぽんっと手を打つ。

「あ、ラギか」

ようやく顔を思い出すことができた。

そんな中、ラギは険しい形相で足早に近付いてくる。

「おまえ、なんで生きてるんだ……!?　あの大穴に落ちたはずだろ！」

「色々あってね。運良く生き延びたんだよ」

シオンは肩をすくめて飄々と言う。

ラギはしばしぽかんとしていたが、腑に落ちたとばかりに吐息をこぼす。

「はっ……なるほど。悪運の強い奴め。それでギルドにいるってわけか」

そうして彼は口の端を持ち上げて、歪んだ笑みを浮かべてみせた。

「だが残念だったな。俺があの吊り橋を落とした証拠はない。ギルドに訴えたって無駄だぜ」

「……だろうね」

シオンはため息交じりにうなずく。

あの場にいたのはシオンとラギ、そしてゴブリンたちだけだ。

仮にラギの凶行をギルドへ訴え出たところで、証拠不十分で終わるだけである。

それが分かっていたから、端《はな》から事の真相を打ち明けるつもりなどなかったのだ。

しかし、そこでレティシアがはっと大きく息を呑む。

「なっ……ラギくん、それはいったいどういうことですか！　まさかあなた、シオンくんのことを見殺しにして……」

「うるせえ！　あのままだったら俺もゴブリンどもに殺されていたんだ！　何が悪い!?」

「ひ、ひどい。なんてことを……」

一切悪びれることのないラギに、レティシアは口を覆って後ずさる。

険悪な空気の中、シオンは軽くかぶりを振るだけだ。

「いいんだよ、レティシア。別に俺は怒ってもいないからね」

「で、でも、シオンくん……」

「はっ、マジかよ。殺されかけて文句の一つも言えねえとは……さすがは腰抜けの無能だな」

「うん、なんとでも言ってくれればいいよ」

ラギはあからさまな嘲笑を向けてくるが、シオンは平然と流すだけだ。

そこで、静観を続けていたダリオが口を挟む。

【本当にいいのか？　我としては、このクズを今すぐボコりたいところなのだが】

（いいんですよ。これ以上関わるのも面倒だし）

シオンはそれに小声で返す。

そもそも、先ほどまで顔も忘れていたような相手だ。

いくら殺されそうになったと言っても、それは体感何万、何億年以上もの大昔の話で……まともに怒りなど湧いてくるはずもなく「そんなこともあったなあ」くらいの懐かしささえ覚えるほどだ。

（それに、こいつが俺を穴底に落としてくれたおかげで師匠に会えたんです。そう考えると儲けものでしょ？）

【むう……汝がそう言うのなら、我ももうとやかくは言わぬがなあ】

ダリオは照れと不服が入り交じったような、複雑な声でぼやいてみせた。

そういうわけでシオンは恨みや怒りなど　切抱いていない。

だが、ケジメはきちんとつけておきたかった。

シオンはラギをまっすぐ見据えて言い放つ。

「ギルドに訴えることはしない。そのかわり、おまえのパーティは抜けさせてもらう。かまわないな？」

「はっ、好きにしろよ。おまえみたいな無能の役立たず、こっちから追放してやる」

ラギは嘲笑を崩すこともなくうなずいてみせる。

これにて決別完了だ。しかし、ことはそれだけで済まなかった。

側でやり取りを見守っていたレティシアが、ぐっと息を呑んで大きな声を上げたからだ。

「だったら私も……シオンくんと一緒にパーティを抜けます！」

「なんだと!?」

「レティシア……？」

突然の宣言に、ラギだけでなく、シオンも目を丸くしてしまう。

レティシアは真剣な面持ちでラギに向かい、淡々と告げた。

「もともとラギくんたちとは、短期間での約束でした。でも、さっきの言葉が本当なら……これ以上一緒にやっていけません。ここでお別れです」

「待て……！　シオンはともかく、おまえの回復魔法は俺たちの冒険に不可欠だ！」

ラギが目に見えてうろたえ始める。

回復魔法に長けた白神紋。それを持つ者は希少であり、パーティにひとりいるだけでぐっと危険が減る。いわば生命線とも呼べる人員だ。

「ふざけんな！　俺は絶対に認めねえぞ！」

「ひっ……で、でも私は……」

大声で凄むラギに、レティシアの肩が小さく跳ねる。

そんなものを黙って見ていられるはずもなかった。シオンは彼女を背中に庇うようにして、ラギの前に立ちはだかる。

「パーティへの加入も離脱も、冒険者の意思次第だろ。引き留めたいならもっと誠意を見せたらどうだ、ラギ」

「うるせえ！　無能は黙ってろ！」

ラギがシオンの胸倉を摑んで怒鳴る。

背後のレティシアがその声に怯え、小さく悲鳴を上げた。

だからシオンは、ひとまず相手を落ち着かせようとするのだが――。

「ラギ、やめろ。暴力はよくな――」

軽く、その手を振り払った。

たったそれだけなのに――。

「へっ、ぶぼごぉっっっ!?」

ラギは紙屑のように勢いよく吹っ飛んで、遠くの方で酒宴を繰り広げていたテーブルへと突っ込んだ。グラスと酒瓶が宙を舞って破砕音がいくつも響き、すぐに悲鳴と怒号がこだまする。

シオンは目を丸くして固まる他なかった。

「…………は？」

【おっ、やはり喧嘩か？　いいぞいいぞ！　性根の腐ったクソガキに目に物見せてやるといい、我が弟子よ！】

喧騒の中、ダリオがひどくチンピラじみた歓声を上げてみせた。

（えっ、なんでだ？　軽く振り払っただけなのに……？）

事態が飲み込めず、シオンは自分の手をじっと見つめる。

力なんて全く込めなかったし、相手を刺激しないように、少し加減したくらいだ。

それなのにラギは十数メートルもの距離を吹っ飛んだ。

まるで、物理法則がその瞬間だけ狂ってしまったかのように。

ぽかんとするシオンだが、周囲の喧噪はより一層激しくなる。

ラギが倒れたテーブルを蹴り飛ばし、よろよろと立ち上がったからだ。

ギラつく目でシオンをしかと見据え、腰の剣を抜き放つ。

「てめえ……よくもやりやがったな⁉」

「何の騒ぎだ！」

そのまま駆け出そうとするラギに向けて、怒声が飛ぶ。

職員カウンターから現れるのはフレイである。

いかにラギとはいえギルド支部長に楯突く度胸はないのか、ぐっと息を詰まらせて足を止める。

そんなラギへ、フレイは淡々と告げた。

「ラギ。おまえも知っての通り、ギルド内での私闘は禁じられている。やるなら外でやれ」

「ちっ……だったらシオン！　表に出ろ！　おまえが仕掛けた喧嘩だぞ！」

「なに……？　まさか、相手はシオンなのか」

「は、はい」

眉をひそめるフレイに、シオンはぎこちなく答えてみせた。

自覚はないが、どうやら先に手を出してしまった形になるようだ。

（これまでデタラメな師匠とばっかり戦ってきたから、力加減がバカになってるのか……？　いや、そもそも俺ってどれくらい強くなったんだ？）

ゴブリンには逃げられてしまったし、ステータスは見てもらえないまま。

具体的な実力は依然として謎に包まれている。

（待てよ……これはチャンスなんじゃないか？）

シオンはふと考えこむ。

「フレイさん。たしかギルドって、決闘の立会人も請け負っていますよね？」

「たしかに仕事の内だが……それがどうした？」

ギルドでは日々揉め事が多い。その白黒を付ける方法は様々だ。

金で解決する者もいれば、裁判に持って行く者もいる。

もっとも多いのは、決闘による勝負の付け方だろう。ギルド職員立ち会いのもと行われる決闘は、冒険者たちにとって法より重いものとなるのが常だ。

これまでのシオンにとっては縁遠い話だった。

だがしかし、今はまさにそれが必要な時だ。

「ラギ。勝負しよう。ギルド職員立ち会いの、公式な試合だ」

「……ああ？」

自分の力を確かめ、そしてレティシアを救う。

そのためには、ラギを真っ向から打ち破る。これしかない。

「俺が勝ったらレティシアを諦めてもらう。俺が負けたら……そうだな、おまえの奴隷にでもなんでもなる。どうだ？」

「シオンくん!?」

「待て、シオン。無茶はよせ」

レティシアの悲鳴が上がり、フレイもまた顔色を変える。

周囲で見守っていた者たちも、話がおかしな方向に進み始めたことを察したのか怪訝な顔を見合わせた。一方、ラギは顔をしかめて悪態をつく。

「はあ？　無能のてめえなんざ奴隷にしたって何の役にも……いや」

ふいにその目がすがめられる。

ラギの視線は、シオンの腰に下がる魔剣に注がれていた。

「おまえ、その剣どうした。ずいぶんな年代物のようだがよ」

「これは……終わりの洞で拾ったんだ」

「ふうん、いいじゃねえか」

ラギは歪んだ笑みを浮かべて、高圧的に告げた。

「俺が勝ったらそいつをよこせ。ギルドに売れば、いくらかの金になるだろ」

「なっ……！」

それにシオンは息を呑むしかない。

この魔剣は師から受け継いだ大切なものだ。

そんな剣を、私闘の担保にすることなどできるはずもなく――。

【我は一向にかまわんぞ？】

「っ……!?」

しかし、その師からあっさり許可が下りてしまった。おかげでシオンは真っ青になりながらも小声でダリオに話しかける。

(師匠、本気ですか……!?　俺が負けたら、あの賢者ダリオが質流れの憂き目に遭うんですよ!?

それでもいいんですか!?)

【なあに、汝が勝てばいいだけの話だろう。我の身一つで弟子が好きに戦えるのなら安いものだ】

慌てるシオンとは対照的に、ダリオは飄々と笑うだけだ。

そうしてすっと声を落とし、挑発するように告げる。

【それとも何か？　ここで尻尾を巻いて逃げるのか、我が弟子よ】

（……いいえ）

それだけはできなかった。

シオンは覚悟を決めて、魔剣をかざしてみせる。

「……わかった。俺が負けたらこの剣を譲る。おまえとレティシアのことも二度と口出ししない。それでいいな？」

「上等だ。公式の試合でおまえを半殺しにできる上に、オマケもついてくる。最高の条件じゃねえか」

ラギはせせら笑って決闘を承諾した。

これで交渉成立だ。

「い、いけません！　シオンくん！」

しかし、そこでレティシアがシオンの腕にすがりついてくる。目の端に涙を浮かべ、顔色は今にも卒倒しそうなほどに青白い。彼女は唇を震わせて叫ぶ。

「ラギくんと戦うなんて無茶です！　私なんかのために、そこまでする必要ありません！」

「大丈夫だよ、レティシア」

そんな彼女に、シオンは勇気付けるようにして笑う。

「俺を信じて、見ていてほしい」

「シオンくん……」

レティシアは真っ青な顔のままで押し黙る。シオンの決意が固いことを察したようだった。

こうしてシオンは因縁の相手――ラギと一対一での勝負をすることとなった。

場所はギルドの裏にある広場だ。

怪我をしてもギルド職員がすぐに治療（有料）してくれるため、そうした用途に利用する者が多い。そして、その戦いは他の冒険者たちにとって格好の酒の肴となる。

ギルド内で注目を集めたおかげか、このときも多くの冒険者が見物に来ていた。

だが彼らがシオンに向けるのは、呆れとも嘲りともつかない苦笑ばかりだ。

「マジでやるのかよ……あいつ、半年前にうちを追い出された無神紋のシオンだろ」

「新手の自殺だよなあ。しかも相手はラギときたし」

「何秒持つか見物だねえ」

これまで数々の冒険者パーティから追放されてきたため、シオンが神紋を持たないことはこの町のギルドに属する者なら誰もが知っていた。

それがルーキー冒険者の有望株、ラギに勝負を挑むなどさぞかし噴飯ものだろう。

「ラギくーん！　弱っちいシオンなんて思いっきりボコボコにしちゃってよー！」

かつてのパーティメンバーの女子までも、ニヤニヤ笑ってヤジを飛ばす。

ほとんどの者が、シオンの無様な敗北を確信していた。

「それでは私が審判を引き受けよう。だが、その前に……」

広場中央。向かい合うシオンとラギに、立会人となったフレイが声をかける。

「本当に構わないんだな、シオン」

「はい。もちろんです」

「……そうか」

シオンがうなずくと、フレイの眉間にしわが寄った。

本心では決闘を思い直させたいところだが、支部長としての立場があるため一個人に肩入れすることは好ましくない……そんな葛藤が手に取るようにわかった。

日ごろ世話になっている彼を心配させることに、シオンは胸が痛んだ。

しかし、フレイはふと思い出したとばかりに指を鳴らす。

「ふむ……《ジャッジ》」

「は、はい？」

先ほど何度も使って、調子が悪いと言っていた鑑定魔法だ。

光を帯びた双眸《そうぼう》でじーっとシオンを見つめて、フレイは神妙な面持ちで肩をすくめる。

「やはり結果は変わらない、か……まあ、この勝負でハッキリするだろう」

「な、なんですか？」

「こちらの話だ。それより、ラギも勝負に異論はないな」

「当たり前だ。いつでも始めてもらってかまわねえぜ、フレイさん」

ラギは唇を舐めて冷笑を浮かべる。

「俺は弱い者いじめが大好きなんでねえ。これだけ多くの面前で無能を痛めつけられるなんて、またとない機会だ」

「……口を慎め。公式の試合だぞ」

「おっと失礼。俺ってば正直者でしてね」

せせら笑うラギに、フレイは顔をしかめてみせた。

その背後、ずっと向こうの観客の中には祈るように十指を組んだレティシアの姿がある。

相変わらずその顔色は悪いままだが、シオンの言葉を守るため立ち会うことを決めたようだった。

そんな彼女へ向けて、シオンは硬い面持ちでうなずいてみせる。

(大丈夫。あれだけ修行したんだ。必ず勝ってみせる……！)

「それでは……始め！」

そうしてフレイがゆっくりと距離を取って――戦いの幕が切って落とされた。

「死ねえっ！」

「っ……！」

案の定、ラギが素早く距離を詰めた。

繰り出すのは首元を狙った鋭い刺突だ。

太い血管を少しでもかすめれば致命傷となる。

しかしシオンがとっさに半歩身を引いたため、ギリギリのところで回避できた。剣を翻して、ラギはなおも踏み込んでくる。

「ちっ、運のいい奴め……だが、いつまで逃げられるかねえ！」

矢継ぎ早に繰り出されるのはどれも急所を狙った一撃だ。

一切の躊躇がないそれらの猛攻を、シオンはどれも紙一重で回避していく。

だが、それだけだ。剣を抜くこともない。

それを見ていたダリオから、叱咤するような声が飛ぶ。

【どうした、シオン！　なぜ反撃に出ない！】

（お、おかしいんです！　師匠！）

シオンはごくりと喉を震わせる。

ラギに勝ちたいという思いに嘘はない。闘志も本物だ。

だがしかしいざ試合が始まってみて、予想外の現象がシオンの身に降りかかっていた。

（ラギの動きが……止まって見えるんです！）

【……はあ？】

ラギの剣技は、同世代の中でもずば抜けたものだった。かつて何度も剣を交え、その度まったく追いつけずにシオンは地を這った。

しかしその剣が——今のシオンの目には止まって見えるのだ。

それればかりではない。

ラギの視線や筋肉の動き、呼吸のリズムや重心の位置……そうした情報から、次の動きまでもが簡単に読み取れてしまう。

今だってダリオと話をしながら、最低限の動きだけでラギの剣をかわし続けている。

最初は嗜虐的な笑みを浮かべていたラギも、攻撃がかすりもしないことで顔に焦りを滲ませていた。

（こんなの当たる方が難しいっていうか……おかしいですよね!?　俺、どうにかなっちゃったんでしょうか!?）

【汝は何を言い出すんだ？】

ダリオは呆れたようにぼやく。

【汝は今や、かつての我に近い実力を有しているのだ。この程度の雑魚、そもそも相手にもならんわ】

「は……はいいいいい!?」

「なっ!?」

突如としてシオンが大声を上げたものだから、ラギが警戒して距離を取った。

そんな試合相手にはおかまいなしで、シオンは魔剣をかざして声を張り上げる。

「ど、どういうことですか!?　今の俺が師匠と同等の実力って……本当に!?」

【まあ、全盛期の我にはまだ及ばんがな。というか、なぜ驚くのだ。あの永劫とも思える修行の果てに、汝は我を打ち破ったのだぞ。それくらいの力があって当然だろうに】

「そ、そうですけど……弟子相手だし、あのときはかなり手加減してくれたのかと……」

【ははは、面白いことを言うな、汝は。我が弟子なんぞにそのような手心を加える師だと思うのか？】

「ぐっ……言われてみればたしかに！」

わりと毎回本気で殺されかけたし、あの最後の一戦だけ手を抜いたというのは考え難《にく》かった。

（つまり俺は今、あの賢者ダリオと同じくらい強いってことか……!?　ほんとに!?）

それならラギをぶっ飛ばしてしまったことも、今現在簡単に攻撃を避け続けていることにも、森でゴブリンが逃げてしまったことにも説明がついてしまう。

しかし自分が憧れた英雄とすでに同じ高みにいるなんて、にわかには信じがたい話だった。

剣を相手にぎゃーぎゃー騒ぎ、ついには押し黙ったシオンに、他の観客たちは怪訝そうな顔を見合わせる。ダリオの声は他の人間に聞こえないからだ。

「なんだ、シオンのやつ……恐怖でどうにかなったのか……？」

「それにしたってあいつ、ずっとラギの攻撃をかわし続けただろ」

「まぐれ……じゃねえよな」

一瞬で終わると予想されていた試合がおかしな展開を見せ始めたせいか、周囲の者たちにざわめきが広がっていく。レティシアやフレイも目を丸くしていた。

そして、それがラギの神経を逆撫でしたらしい。

「ごちゃごちゃと……やかましいんだよ!!」

「っ……!」

ラギが吠え、勢いよく地を蹴った。

瞬く間もなくシオンへ肉薄して間合いの内へ滑り込む。

しかしその、一般人にとっては電光石火と呼ぶべき動きでさえ、シオンの目にはあくびが出るほど退屈なものだった。

(足運びも体勢も、隙だらけだ……!)

どうとでも打ち込み、勝てる道筋が見える。

改めて対峙して、相手の力量が自分よりずっとずっと下であることを察してしまう。

ダリオもまったく同じことを感じたのだろう。笑いを噛み殺すようにして告げる。

【疑うのなら試してみるがいい。汝ならこの局面、どう切り抜ける?】

(俺、なら……?)

その言葉を聞いて、シオンの四肢に力が湧き上がった。

剣の柄へと手を伸ばす。そして――。

「ふっ……!」

地面すれすれまで身をかがめ、肉薄するラギへと一息で距離を詰めた。剣の柄でその肘を弾く。

「なっ……!?」

ラギがぐらりとのけぞり体勢を崩す。

腹が完全にガラ空きだ。シオンはそこへ、ちょんっと軽い蹴りを放つ。小指で小石を蹴飛ばすような、そんな小さな動きである。

「よっ、と」

「ゴハッッッ!?」

たったそれだけで、ラギはギャラリーの垣根へ向けて一直線にぶっ飛んでいった。

物々しい轟音と悲鳴がこだまする。

先ほどのギルド館内で起きた一幕と、ほとんど同じ光景だ。違うのはシオンが己の力に自覚的かどうかというだけ。

大混乱のギャラリーたちが騒ぐのにもかまわず、おもわず快哉を叫んでいた。

「おお……！　ほんとに強い！」

「げっほ、げほっ……やっぱりそうだ、間違いねえ！」

人混みをかき分け、ラギが吠える。

多少口の端に血がにじんでいたものの、さほどダメージにはなっていないようだった。

シオンが手加減したからだが、ラギがそれに気付く気配はない。つばを飛ばしてこちらを睨む。

「シオンてめえ！　レティシアあたりに、強化魔法か何か掛けさせただろ！　なんか変だと思ってたんだ！」

「ラギ。それは違うぞ」

それを静かな声で制するのはフレイだった。

ガントレットの右手を顎に当てつつ、唸るように言う。

「一般的な強化魔法は、その者が持つ神紋の効果を高めるものだ。神紋を持たないシオンに、いくらそうした魔法を掛けても意味がない。また、魔法の気配も一切感知できなかった」

「じゃ、じゃあ何かよ、フレイさん……!?」

ラギは目を丸くして、シオンを凝視する。

その瞳は焦りと不安で、見るもわかりやすく揺れていた。

「あの無能野郎が……実力で俺に一撃くらわせたっつーのかよ!?」

「うむ。やはりそうなるな」

「っ、バカ言え！　そんなのまぐれに決まってる……！」

考えこむフレイをよそに、ラギは口の端を拭って乱暴に吠え猛った。

それに呼応するようにして、周囲の空気がゆらりと揺れる。

野次馬たちが慌てて距離を取る最中、ラギの右手には真紅の神紋が浮かび上がり始めた。

彼の神紋は赤。炎の力を宿した聖なる印だ。

瞬く間に熱気は異常なまでに膨らんで、ラギの周囲を紅蓮が渦巻いていく。

「無能ごときが……俺に敵うはずがねえんだよ！」

咆哮とともにラギが地を蹴る。炎の噴出力も借りた、まるで砲弾のような突進だ。

だがしかし、やはりそれもシオンにとっては退屈きわまりないもので——なぜかというと猪突猛進が過ぎた。軌道もタイミングも完璧に読めてしまう。

（これなら、いける……！）

それに改めて気付いた瞬間、シオンの心がさらに燃え上がった。

「よっ」

「ガ……ッ!?」

ラギの剣を掌底で弾いてそらし、鞘を首筋へと振り下ろす。

それはまさに一瞬の出来事で、傍目には、シオンの軽いかけ声とともにラギが地面に転がったように見えたことだろう。

それでも攻撃を受けた当人は瞬時に飛び起きて、その勢いのままに剣を横薙ぎに振るおうとする。

しかし、シオンにそれを待つ義理はなかった。

「今度はこっちからいくよ、ラギ」

「なっ、ぐっ……!?」

剣を抜くことなく、鞘を振るってラギの得物を弾く。

そのままシオンは先ほどのラギ同様、矢継ぎ早に鞘での斬撃を繰り出していった。それをラギは必死の形相で受け止めていく。

剣戟の音が折り重なるにつれ、ギャラリーたちからは驚愕の声がいくつも上がった。

神紋を持たないはずのシオンが、ラギを相手に善戦している上に押しているのだ。レティシアもぽかんと目を丸くしている。

(すごい……！　俺が、あのラギを押してるなんて！)

一打ごとに理解する。

力量も瞬発力も、技術も経験も、何もかもが相手よりずっと上だということを。

しかも、その相手はあれだけ長年シオンが苦汁を飲まされてきたラギなのだ。

当然、シオンの心は沸き立った。鞘を振るう手に力が入り——。

「ぐあっ!?」

「へ？」

本当に、ほんのちょっと力を込めただけだった。

それなのにラギは剣を取り落とし、勢いよく地面を転がっていった。

「ご、ごめん。まさかこの程度も受けきれないなんて思わなくて……大丈夫、ラギ？」

「くっ、そ……！　ど、どうなってやがるんだ、てめえ……！　本当にあのシオンか!?」

地面に腰を落としたまま、ずりずりと後ずさり、ラギは得体の知れない物を見るような目をシオンに向ける。手負いの獣を思わせる目だ。

そんな哀れな姿を前にして、シオンの内なる炎は急速に小さくなっていく。

（あれ？　俺の憧れてた戦いって、こんなものだったっけ……？）

ふとした疑問を抱いたそのとき、ダリオがぼやくように口を挟んだ。

【手ぬるいぞー、シオン。そもそも何故剣を抜かんのだ】

（いやだって師匠、鞘だけでもここまで追い詰めることができるんですよ。抜いたら最後、怪我させるどころじゃ済みませんって）

【何を言う、相手は汝を殺そうとしたクズなのだぞ。手加減は無用だ】

（……たしかにそうかもしれませんけど）

シオンは小さくため息をこぼし、改めてラギを見やる。

「ひっ……」

小さく悲鳴を上げて身を縮めるその姿を見ても、先ほどのような高揚感は戻らなかった。

そこで思い返されたのは試合前にラギが発した台詞《せりふ》だった。

『俺は弱い者いじめが大好きなんでねえ』

シオンはかぶりを振ってため息をこぼす。

「ラギと違って……俺は弱い者いじめって、あんまり好きじゃないみたいです」

【は……？】

ダリオと戦っていた時は、ずっと高揚感を覚えていた。

この戦いが永遠に続けばいいとさえ思った。

だがしかし……ラギとの試合はその対極だった。

最初のうちは確かに楽しかった。自分が圧倒的な力を持っていることに気付いたからだ。しかし、相手が遥かに格下だと気付いてしまってからはその高揚感は完全に消え去った。

平たく言えばこの試合、シオンにとっては退屈すぎたのだ。

「もっと強い人相手に必死に食らいつく方が、俺には性に合ってるっていうか。だからこれ以上ラギと戦っても虚しいだけで……うん？」

そこでふと、シオンは違和感に気付いてあたりを見回す。

絶句。

その場の空気を言い表すのに、それ以外の言葉は見つからなかった。

ラギやフレイはもちろんのこと、試合を見守っていたギャラリーたちが皆あんぐりと口を開けて固まっていたのだ。

ゆるい風がその場を通り過ぎ、シオンはハッとする。

「ひょっとして今の……口に出しちゃってた？」

「て、めえ……!!」

言葉を失っていたラギの顔が、あっという間に真っ赤に染まっていく。

その目に宿るのはどす黒い憎悪の炎だ。彼の神紋はまばゆいほどの光を放ち始め、その身から火柱と見まがうほどの炎が吹き出していく。

つまり、わかりやすくブチギレていた。

【ぷっ……だーっはっはっはっはっは！　因縁の相手をつかまえて、弱い者いじめときたか……！　やはり汝は我の遺志を継ぐ者よなあ！　そのキレッキレの煽《あお》りセンス、我も見習うとしよう！　ぶははははは、ごほっ、がはごほげはっ……！】

ダリオはよほどツボに入ったのか、笑いすぎてむせているし。

盛大なその笑い声に、シオンは頰をかく。

「いや、別に煽ったつもりはないんですけど……結果的にそうなりましたね」

【くっ、くくく……ほれほれ、相手はやる気だ。汝もちょっとは本気を出してみるがよい】

「ダメですって。適当に終わらせますよ」

たきつけてくるダリオに、シオンはきっぱりと言う。

これ以上の試合は無意味だ。力の使い方もわかったことだし、ちゃっちゃと片付けるに限る。そう、考えたところで――。

「なにを……ぶつくさ言ってやがる!!」

「きゃあっ!?」

「っ……！」

ラギの怒号とともに巨大な火球がいくつも放たれて、無差別にあたりへと襲いかかる。

そのうちのひとつがレティシアの頭上へと降り注ぎ、彼女が身を縮めたその瞬間――。

ザンッッッ！

一陣の風があたりを薙ぎ払い、紅蓮の炎は千々に千切れて霧散した。他の火の玉も同様だ。すべて弾け飛ぶようにして消えてしまう。

「なっ……！　どうし――!?」

「ダメだよ、ラギ」

うろたえるラギへ、シオンは静かな声を向ける。

「それはダメだ。無関係の人を巻き込むのは、良くない」

冷ややかな台詞と合わせて向けるのは、すでに抜き放った魔剣。

シオンは一瞬でラギの懐に潜り込んでいた。

「ひっ……!?」

ラギの顔が恐怖に歪む。

それもそのはずだろう。きっと彼の目にはシオンの動きがまるで捉えられず、一瞬で目の前に現れたように映ったはずだ。

それで彼は悟ったのだろう。

この戦いの勝敗と――真の強者はいったい誰なのか。

もはや彼の目から嘲りは完全に消え失せた。かわりにそこに浮かぶのは、純然たる恐怖の色。

「く、来るなあああああああ――ガッ!?」

斬っ……!

ラギが吠えると同時、燃え盛る炎が壁となって立ちはだかる。

だがしかしシオンはその壁ごと、彼を一太刀のもとに斬り捨てた。

短い悲鳴を上げてラギが地に倒れる。その瞬間に彼がまとっていた炎もぴたりと収まって、あたりは一気に静まりかえった。

「ありがとう、ラギ。チュートリアルにはまずまずの相手だったよ」

そんな彼を見下ろして、シオンは剣を鞘へと収める。

ふう、とひと息ついてから――ハッとしてフレイを振り返った。

「あ、大丈夫です。峰打ちです。ちょっと肋骨が何本か折れてるかとは思いますけど……命に別状はないはずです」

「は…………あ、ああ、うむ……そうか……ちなみに、今の火球を防いだのもおまえか?」

「はい。レティシアが危ないと思って」

シオンが右手をかざすと、虚空にいくつもの氷塊が現れる。

こぶし大のそれらはシオンが軽く手を振るだけで勢いよく打ち出され、そばの木に大穴を穿《うが》った。

「こんな感じで、氷の魔法をぶつけて相殺しました」

「そうか……剣だけでなく魔法も使えるのか……」

フレイは顔を覆い、大きなため息をこぼす。

そうして咳払いしたあと、淡々と告げた。

「ひとまず……勝者、シオン。誰かギルドに行って、治療のできる職員を呼んできてくれ」

「すみません、お手数おかけします」

ぺこりと頭を下げたシオンに、ギャラリーたちは歓声も野次も上げなかった。

ただ全員が全員あんぐりと口を開けて固まったまま、予想外の勝者の姿をその目に焼き付けた。

【くく……さすがは我が弟子。胸のすくような快勝であったぞ！】

「ありがとうございます、師匠」

ダリオの賞賛の言葉に、シオンは小さく会釈を返した。

# 四章　次なる目標

かくして行われた決闘で、シオンは見事に勝利を収めてみせた。

ギルドの立会人と大勢の観客の前で白黒はっきり付けたので、ラギもレティシアのことを諦めざるを得ないだろう。今も意識を取り戻さずに、ギルドの一室で治療が続けられているらしい。

意図せぬ形で報復を果たし、レティシアも無事。

魔剣（師匠入り）を奪われることもなくなったし、まさに大団円の結末だった。

しかしシオンの心中は穏やかではなかった。

ギルド支部長の執務室――そのソファーに腰掛けながら冷や汗をかく。

そんなシオンへ、対面に座ったフレイは静かな口調で切り出した。

「説明してもらおうか、シオン」

声色こそ穏やかなものだが、顔は一切笑っていない。

彼は懐から紙を取り出してシオンの前に掲げてみせる。

「試合の前に、私はおまえに鑑定魔法をかけた。何度やってもおかしな結果が出るものだから、変だと思っていたのだが……おかしいのは私の体調などではなかった。おまえ自身だ」

紙に書かれているのは、鑑定魔法で判明するステータスだ。

大きく五つに分かれるその項目は、冒険者がどの分野に秀でているかを示す。

どんなスキルや魔法を会得しているかも重要になってくるが……基本的にステータスの数値が高ければ高いほど、その冒険者は実力があるということとなる。

なお、鍛えてもいない一般的な人間の平均数値は二十程度。

ちなみにシオンは以前フレイに見てもらったとき、全項目十前後だった。

無能と呼ばれるにふさわしい最弱のステータスである。

「そしてこれが、おまえの今のステータスだ」

フレイが差し出した紙には、冗談のような文字が並んでいた。

生命力、魔力、筋力、技能、敏捷……基本となるステータスはそれぞれすべて九百九十九。

以下細々とした項目が並ぶものの、数字はまったく同じものだった。

鑑定魔法で見えるのは三桁の数字までで、それより上は測定不能となる。

つまり、事実上ほぼ最強のステータスと言えよう。

(たしか前に、ラギが【筋力】が三十五に上がったって自慢してた気がするなー……)

筋力が五十程度あれば、たいていのパーティからお呼びがかかる。それがシオンは九百九十九。

ちょっと想像もつかない世界だった。

「こんな値を出せる人間は世界でも類を見ない。先ほどの試合から見て、この鑑定結果はひとまず本物と判断した。ならば疑問がひとつ」

フレイは凄むようにしてシオンを見据える。

「いったいどうやって、短期間でここまでの力を手に入れた。答えろ、シオン」

「えっ、ええっと……」

フレイが怖い顔をするのも当然の流れだ。

ともかくシオンはこそこそとダリオに話しかけてみる。

(どうしますか、師匠。フレイさんなら、師匠のことを話しても信じてくれると思うんですが……)

【うむ、この男なら信用できるだろうな。少しくらいなら話してやれ】

ダリオは鷹揚に答えてみせる。

【だが、我の名は出すな。厄介なことになりかねん】

(そうですよね。賢者ダリオが現代に蘇ったなんて知られたら、大騒ぎになりますし)

【うーむ、少し騒ぎになる程度なら問題ないのだがな】

ハラハラするシオンに、ダリオは肩をすくめるようにして唸る。

わざとらしい咳払いを挟みつつ続けることには――。

【我はな、汝も知っての通り大昔あちらこちらで伝説を築いたのだ】

(存じ上げていますけど……それがどうかしたんですか？)

【うむ。具体的には邪竜ヴァールブレイムをしばき倒してパシリにしたり、吸血姫エヴァンジェリスタの根城に乗り込んで宝を一切合切略奪したり、聖紋教会を壊滅させたり……】

(待ってください、師匠。そこまではさすがに知りませんし、伝説っていうかただの脱法行為です)

【たいていは向こうの方から仕掛けてきた喧嘩だ。我は悪くないぞ。あと他にも、我に刃向かうバカどもを大量にボコボコにしたし――】

(うわあ……)

ダリオが指折り数えるようにして迷惑をかけた相手として挙げる名には、歴史の教科書にも載るようなビッグネームがちらほらあった。現在にわたっても繁栄している国名さえ交じる始末。

しかもその数は膨大で……聞いているうちにシオンはひどいめまいに襲われた。

【で、中にはまだしぶとく生き残っていて、我に恨みを抱く奴もいることだろう。我が弟子を取ったと知れば……最悪、奴らが矛先を汝に向けることになるぞ?】

(よし、分かりました。師匠の名前は黙っておきます!)

さすがにそれだけの恨み辛《つら》みを向けられると、ちょっと身が持たない。

シオンは決意を固め、話せることだけ話すことにした。

「実は……ある人に剣や魔法を教わったんです」

「いったいどんな人物だ。この辺りの人間か?」

「それは言えません。約束なんで。でも、信頼できる人です。それだけは間違いなく言えます」

訝しげなフレイに、シオンはきっぱりと告げる。

方便ではなく本心だ。ろくでもないところもあるが、シオンはダリオのことを信頼している。

「ふーむ……では、その師のもとでどんな修行をしたんだ？　何か特別な指導でも？」

「普通に体力作りとか剣の素振りとか……あ、あと魔法の反復練習ですね。地味なものでしたよ」

「それをこの短期間続けただけで、あの強さなのか……？」

「あはは……」

正しくは何万年という修行だったが、シオンはあいまいに笑うしかない。

フレイはガントレットの右手を顎に当てる。考えこむときによくやる、彼の癖だ。

「私に詳細を話せないというのなら、よほどの事情がありそうだな」

「……すみません」

「なに、謝る必要はない。冒険者に秘密は付きものだからな」

頭を下げるシオンに、フレイはわずかに相好を崩す。

ほとんど何も語っていないに等しいが、ある程度は納得してくれたらしい。

「おまえが違法な神紋手術などの禁術に手を出すとも思えないし……真っ当に修行したのだろう。

だがあれほどの力を会得したとなると、かなり苦労したのではないか」

「……そうかもしれません。何度も死にかけましたし」

シオンは苦笑して頬をかく。

何度死にかけたか分からないし、ひょっとしたら何回かは本当に死んだのかもしれない。がむしゃらに剣を振る最中、手足が消え失せていることに気付いたときなどに覚えた腹の底からの喪失感と冷たさは、正直あまりいい思い出とは言えなかった。

「でも、それがあったからこそ今の俺がいるんです。もう心配いりません。この力で、どんな困難も乗り越えてみせます！」

「……シオン」

シオンが胸を叩いて決意を語れば、なぜかフレイは眉間にしわを寄せて黙り込んでしまう。

やがて彼はかぶりを振って、右手を覆うガントレットを撫でた。

「このことは、あまり他人に話さないように決めているんだが……仕方あるまいな」

そう言って、ガントレットをゆっくりと外していく。

フレイがそれを取る姿を、シオンは初めて見た。

白い前腕があらわになって思わず目を丸くしてしまう。フレイの右手首から肘の辺りまでに、稲妻のような痛ましい傷痕が刻まれていたからだ。

「その、腕の傷は……」

「私は十年ほど前まで、きみたちと同じ冒険者のひとりだった」

フレイは目を細めて静かに語った。

当時の彼は剣の腕が立ち、冒険者としてそれなりに名を馳せていたという。

向かうところ敵無しで、凶暴な魔物にたったひとりで立ち向かい、見事に勝利を収めたこともあった。

だがしかし、その慢心が仇《あだ》となる。

ある日、フレイはダンジョンで魔物を深追いした結果、窮地に陥った。

幸いにして命を落とすまでには至らなかったが……深手を負って、二度と剣が握れない体となってしまったのだ。

その顚末を語り終え、フレイは無事な左手でシオンの肩を優しく叩く。

「冒険は胸躍るものだ。だが、常に危険と隣り合わせだということを忘れてはいけない。己を知り、自重せねば、いつか自分に返ってくるぞ」

「……はい。気をつけます」

シオンはその言葉を噛みしめ、重くうなずいた。

(そうだよな……ラギを倒した程度でいい気になってちゃダメだ。世の中には師匠みたいな人が、まだたくさんいるかもしれないんだから)

先ほどダリオが言っていた『ダリオを恨んでいるであろう面々』などが最たる例だ。

彼らにシオンの力がどこまで通じるかはわからない。

気を抜いてかかったが最後、命の保証はないだろう。

シオンはそのことを肝に銘じ、深々と頭を下げる。

「ありがとうございます。俺、あらためてフレイさんと話せてよかったです」

「なに、迷える若者を導くのも年長者の仕事のうちだ」

フレイはどこか遠くを見るようにして目を細める。

「かつて私は……おまえに残酷な事実を突きつけてしまっただろう。神紋がないという事実を。あれからずっと、おまえのことが気になっていたんだ」

「そんな……俺に神紋がなかったのは本当のことなんだし……フレイさんが気に病む必要はありません！」

「む？　誰がそんなことを言った。私が『気になっていた』というのは良い意味でだ」

「へ？」

フレイはいたずらっぽくウィンクし、懐かしむように言う。

「あのとき、神紋を持たないと分かっても、おまえの瞳からは輝きが失われなかった。ひょっとしたらこの子は大物になるんじゃないかと……密かに期待していたんだ。私の目に狂いはなかったようだな」

「い、いやいや、俺なんかまだまだですよ！」

「なあに、謙遜するな。先ほどのラギとの一戦、あれは私も溜飲が下がったぞ。立場上おおっぴらには言えないがな。よくやった！」

「フレイさん……」

そう言って、フレイはからからと明るく笑う。

シオンは言葉を詰まらせる他なかった。

(期待してくれていたんだ……神紋も持たない、無能の俺なんかを)

ラギに勝利したときよりも、よほど胸にじーんとくるものがある。

そんな思いを噛み締めていると、ふとフレイの右手の傷が目にとまった。

「ところでフレイさん……その右手の傷、治さないんですか？」

「ああ、そうしたいのはやまやまだがな。魔法医を何人当たっても駄目だった」

今の技術では、こうしたガントレットのような補助器具を用いて、ペンを握るだけの握力を出すことが限界だという。そうした理由で、彼は冒険者の道を諦めてギルドの職に就いたらしい。

フレイが肩をすくめて言うその言葉に、悲愴感は一切ない。

とうに吹っ切れてしまっていることがうかがい知れた。

だが、シオンは少しでも恩人の力になりたかった。

「えーっと……よかったらその傷、ちょっと見せてもらえませんか？」

「かまわないとも。若者の教訓になるのなら本望だ」

シオンはそっとその手に触れて傷の具合を確かめる。彼の言う通り、怪我のせいでほとんど力が入らないらしく、指先はかすかに痙攣《けいれん》していた。

その怪我に、シオンはあっさりと魔法を使った。

「《ヒーリング》」

「っ……!?」

いつぞやレティシアに使ってもらったのと同じ回復魔法だ。

白い光がフレイの右手をふんわりと包み込み、傷痕の中に染み込んでいく。光が消えたあと傷は完全に消え去っており、フレイは大きく目をみはった。

その右手の指は、今や自在に動くようになっていたからだ。

「う、腕が動くだと……！　ガントレットもなしに……!?」

「良かった。何度も死にかけたから、回復魔法は特に得意なんです」

シオンはほっと胸を撫で下ろす。

四肢が吹き飛ぶような致命傷も、自分で無理やり治して戦った。そのめちゃくちゃな修行が功を奏したようだ。

「忠告していただいたお礼です。フレイさんの言う通り、俺も強くなったからって慢心せず謙虚に――」

「……シオン」

「はい？」

フレイはシオンの肩を両手で力強くがしっとつかみ、完全な真顔でこう告げた。

「先ほど私はああ言ったが、やはりおまえは自重などせずにガンガンやれ。その力を出し惜しみする方が世界の損失だ」

「前言撤回が早すぎませんか!?」

ギルド支部長の執務室に、シオンのツッコミが響き渡った。

こうしてフレイとの話し合いも終わり、すぐにシオンは解放された。

執務室から続く廊下を少し進むと、冒険者で溢れるロビーにたどり着く。

クエストの相談や酒宴を繰り広げる者などでいつも大賑わいの場所だ。

しかしシオンが一歩足を踏み入れたその瞬間——。

「うっ……!?」

ロビーを満たしていたはずのざわめきがぴたりと止まった。

誰もが口をつぐみ、シオンのことを凝視している。

あちこちから聞こえるのは生唾を飲み込む音と、かすかな話し声だ。

「おい、本当かよ……あいつが本当にラギを倒したっつーのか？」

「マジだって！　俺はこの目で見たんだからな！　ありゃ間違いなくバケモンだ……！」

半信半疑の好奇の視線と、得体の知れない物を見るような畏怖の眼差《まなざ》し。

そうしたものが四方八方から飛んできて、シオンはおもわず身を縮めてしまう。そこでダリオが呆れたような声を上げた。

【何をビクついておるのだ。汝は勝者なのだぞ、もっと肩で風を切って歩かんか】
（無茶を言わないでください！　こんなふうに注目されるのなんて、生まれて初めてなんですから……！）

これまでは嘲弄や侮蔑の視線を注がれることの方が多かった。

しかし、今のはそれと真逆のものだ。また別種の居心地の悪さがあった。

（でもまあ、無理もないか……神紋を持たない無能が突然強くなったんだから、周囲の目も変わるよな……）

終始親しげだった、フレイが例外なのだ。つまり、この視線はしばらくシオンに付きまとうはずで……おいおい慣れていく必要があるだろう。

こっそりとため息をこぼした、そのときだ。

「シオンくん！」

「あっ、レティシア」

微動だにしない人混みをかき分けて、レティシアが駆け寄ってくる。

その声で周囲の人々はハッとしたらしい。気を取り直すように咳払いして、元の雑談や酒宴に戻る。みなシオンのことは気になるらしいが、積極的に関わる勇気はないようだ。

だが、レティシアだけは違っていた。

シオンの顔をのぞきこみ、気遣わしげに問う。

「だ、大丈夫でしたか？　フレイさんとのお話はどうでした？」

「ああ、平気平気。別になんともないよ」

「そうですか……よかった」

明るく告げると、レティシアはほっと胸を撫で下ろしたようだった。

そんな彼女に、今度はシオンが問う番だ。

「それよりレティシアの方こそ怪我はない？　さっきの試合で巻き込まれそうになっただろ」

「私は大丈夫です。それよりシオンくんは……」

「もちろん無傷だよ。あれくらいで怪我してちゃ、師匠に怒られるからね」

「師匠さん……ですか？」

レティシアはきょとんと首をかしげてみせた。

そうかと思えば、眉をきゅっと寄せて不安げな顔をする。

「シオンくん、いったい何があったんですか？　急に強くなったし、ラギくんにも勝っちゃうし
……さっきは本当にびっくりしましたよ」

「あー……色々あってね」

シオンはひとまず手近なテーブルにつき、レティシアに事情を語った。

フレイに打ち明けたものと同じで『師匠のもとでめちゃくちゃ修行したら強くなった』という、
肝心のことを端折《はしょ》りに端折った説明となったが、フレイ同様、レティシアも信じてくれたようだっ

た。

彼女は目を丸くしてシオンと魔剣を見つめる。

「では、その剣はお師匠さんからいただいたものだったんですか……そんな大事なものを勝負の賭けにして、お師匠さんに怒られませんか？」

「それは大丈夫。あのときは師匠がゴーサインを出してくれたから」

「この場にいらっしゃったんですか!?」

レティシアは慌てたようにきょろきょろと辺りを見回す。

【くくく。その師がこんな姿だと知ったら、この娘はさぞかし驚くであろうなあ】

そんな彼女の様子を見て、ダリオが愉快そうにくつくつと笑った。

シオンもまた思わず笑みを浮かべてしまう。

「レティシアも疑わないんだね。正直、自分でもめちゃくちゃな話だと思うのにさ」

「だって、シオンくんのおっしゃることですから」

レティシアはにっこりと笑う。

「こうしてお話しして分かりました。どれだけ強くなっても、シオンくんはシオンくんです。シオンくんが嘘をつくとは思いませんし……だから私は信じます」

「レティシア……ありがとう」

「いえ、こちらこそ。ラギくんから助けていただいて、本当に感謝しています」

そう言って、レティシアはぺこりと頭を下げてみせた。

（フレイさんといい、レティシアといい……俺って周囲の人に恵まれていたんだなあ）

ふたりの温かさに、ジーンとくるシオンだった。

レティシアの優しさに触れて胸が温かくなる。

しかし、シオンはそこでふと眉を寄せる。

「あっ、ラギといえば……ごめんね、レティシア。俺に付き合ってパーティを辞めることになっちゃって……本当に大丈夫？」

「いえ、シオンくんのせいじゃありません。元々ラギくんたちのことは、その……苦手だなあ、と思っていたので、早めに離れるつもりだったんです。みんなシオンくんに対して酷すぎました」

唇をほんのすこし尖らせて、レティシアはぼそぼそと言う。

シオンがパーティ内で奴隷のようにこき使われていることを心配してくれていたのは、メンバーの中で彼女だけだった。

レティシアは吹っ切れたように笑う。

「ちょうど路銀も貯まりましたし、次の街に行こうと思っていたところなんです。だから、ご心配には及びません」

「そっか、よかった。そういえばレティシアはこの町の人じゃなかったよね」

冒険者の中には一所に留まることなく、あちこちを転々とする者もいる。

その町、その町でパーティに入って金を稼ぎ、また次の町へ行くのだ。

レティシアもそうした流れ者のひとりだった。つい一ヶ月ほど前にこの町にやってきて、ラギにスカウトされてパーティに加入していた。

「ひょっとして修行の旅の途中？　それとも、どこか行きたい場所があるとか？」

「……あはは」

レティシアはあいまいに笑ってみせる。

そのぎこちない笑顔に、シオンは二の句が継げなくなった。

（そういえば、レティシアってあんまり自分のことは話さないんだよな……）

流れ者の冒険者の中には事情を抱えた者も多い。

ましてレティシアのような女の子が旅をしながら冒険者を続けるとなると、よっぽどのことがあるのだろう。いくら白神紋所持者で回復魔法のエキスパートだと言っても、相当な苦労があったに違いない。

シオンは彼女に頭を下げる。

「……ごめん。プライベートなこと聞いちゃって。今のは忘れて」

「い、いえ。私のことより……シオンくんはこれからどうするんですか？」

「そうだなあ……」

シオンは腕を組んで考えこむ。

ラギと決別したため、仲間に入れてくれる他のパーティを探さなければならない。

しかし、そううまくいくだろうか。

（さっきの様子を見るに、みんな俺のこと避けそうだもんなあ……）

先ほど周囲の冒険者たちが見せた、好奇と畏怖の眼差しが脳裏をよぎる。

あの調子では、面接までこぎ着けることすら難しそうだ。

暗澹《あんたん》たる思いが胸を占め、ふと窓の外を見てため息をこぼす。

「あっ、もう夕方かあ……」

いつの間にか、空は茜色に染まり始めていた。

そのことに気付いてどっと疲労を感じてしまう。

今日一日慌ただしかったので気にする暇もなかったが、そもそも数万、数億年分の修行を終えた後なのだ。正直言って、今すぐにでも柔らかいベッドで眠りにつきたい。

シオンは頭をかいて苦笑いを浮かべてみせる。

「とりあえず……色々あったし、一晩寝てから考えようかな」

「そうですか。宿はもう決めてあるんですか？」

「え？　宿っていうか、アジトが…………あっ」

ラギのパーティは、古い一軒家を借りて拠点としている。

だがしかし、彼らと袂を分かった以上、あそこに帰るわけにもいかなかった。

そのことに遅ればせながら気付き、シオンはがっくりと肩を落とす。

「そうか、俺って今宿無しなのか……」

「し、シオンくん、大丈夫ですか……？」

「いやいや、平気平気。お金だってここに…………ないかー」

懐から財布を取り出しひっくり返すが、銅貨が数枚ぽっち転がり出てくるだけだった。

子供のお小遣いにもならない額である。

クエストの報酬はそれなりにパーティに入っていたが、シオンは最低限の分け前しかもらえなかった。その金も日々の食費や雑費でカツカツだったし、今の手持ちでは安宿一泊分も払えないだろう。

がっくりするものの、レティシアが心配そうな目を向けていることに気付いて慌てて取り繕う。

「大丈夫だって！　最悪野宿でもすればいいし、実家に戻るって手もあるからさ！」

「ご実家って……たしか山向こうの村ですよね!?」

この町から遠く離れた小さな村がシオンの故郷だ。

両親は農業を営んでいて、神紋もないのに冒険者を志す息子のことを生温かく見守ってくれている。『若いうちは無茶をして学ぶべし』という教育方針のたまものだ。そのうち諦めて実家に戻り家業を継いでくれるだろうと期待しているらしい。

普通に歩くと半日ほどかかる距離だが、今のシオンなら一瞬だろう。

（あ、でもそれだとレティシアといったん別れることになるのか……だったら町で突発バイトでもして稼いだ方がマシかも……？）

あれこれ考えているうちに、レティシアの顔がさらにこわばっていく。

そのことに気付き、シオンは軽い調子で言ってのけるのだが――。

「あ、心配しないで。自分でなんとかするよ」

「だ、だったら、あの……！」

彼女はシオンの手をぎゅうっと握り、真剣な面持ちで言い放った。

「私が宿代を出します！　私とふたりで……一緒の宿に泊まりましょう！　助けていただいたお礼をさせてください！」

「へ……えええええ!?」


日が沈み、静かな夜がやってきたころ。

宿の一室で、シオンは頭を抱えてうずくまっていた。

「どうしてこうなった……!?」

【わはは、腹をくくれ】

壁に立てかけた魔剣から、ダリオのからかうような声が飛ばされる。

シオンが一文無しの宿無しだと知って、レティシアが申し出たのは宿に一緒に泊まることだった。

宿代はもちろん食費まで出すと言い出して、彼女はいっこうに譲らなかった。

『シオンくんは私のために、ラギくんと戦ってくれたんです！　これくらいお礼しないと気が済みません！』

『いやいや!?　女の子とふたりきりで宿に泊まるとか……ダメだろ、普通に考えて!?』

パーティの元仲間とはいえ、それはさすがにマズいと思えた。倫理的に。

ラギのパーティに属していた頃は女性部屋と男性部屋で分かれていたため、同じ部屋で寝ることなんて一度もなかった。

シオンはかなり抵抗したのだが、結局根負けしてこうして宿へと連れ込まれることとなったのだった。

レティシアがこの町に来た当初使っていたというその宿は、裏通りに位置するものの、清潔感に溢れた一軒だった。

価格も良心的で、通された部屋は掃除が行き届いており、ベッドもふかふかだ。

ひとりで泊まるのなら、何も言うことはないだろう。

ただ、レティシアと一緒に泊まるとなると……問題しかなかった。

「しかもダブルベッドの部屋しか空いてないとか……どう考えてもアウトですよ!?」

【大人の階段を上るにはおあつらえ向きのシチュエーションだな】

空いていた部屋は、大きめのベッドがひとつしかなかった。

ふたりで寝るには密着しなければならず……さすがにこれはレティシアも予想外だったのか、顔を真っ赤にして固まってしまった。

彼女は今、なんとか部屋を替えてもらえないか、宿の人に頼み込みに行っている。

とはいえ時間が掛かっているところから察するに、どうも難しそうだった。

頭を抱えて苦悶するシオンに、ダリオはからからと笑う。

【我も生前は多くの美女に言い寄られたものだ。やはりいつの時代も、女は強い者に惹かれるということだな！　わははは！】

「くっ……なんでそんなに楽しそうなんですか師匠!?」

【そりゃ、可愛い弟子が意中の女子と一線を越えようとしているのだから、応援したいという親心的なものがあったり、なかったり】

「嘘だ！　俺が動揺してるのを見て面白がってるだけでしょ!?」

【なんのことだか。まあ我は空気を読める師なので、今日はこの辺で寝ることとしよう】

「寝る!?　そんな人間みたいなことできるんですか師匠!?」

【ぐー】

ツッコミを叫び終わるより先に、魔剣からは本当にダリオの寝息が聞こえてくる。

試しに軽く叩いてみるも反応は一切なかった。

「うわ、マジで寝てる……どうなってるんだろ、この人……」

まったく理屈は分からないが、考えても無駄なのでシオンはため息をこぼす。

これでレティシアが帰ってきたら、本当の意味でふたりっきりだ。

「ううう……でも、ほんとに師匠の言うような展開になったらどうしよう……」

ベッドはそれなりに大きいが、ふたりで寝るには手狭な方だ。

たぶんレティシアと横になったら、どう頑張っても腕とか足がぴたっと触れるだろう。

「いやいや、レティシアは善意で言ってくれたんだ。変なことを考えるなんて失礼に決まってる
……………うん？」

悶々としていたところで、ふと外が気になった。

窓を開けてうかがえば、宿に面する裏通りが見下ろせる。

そして、そこにはレティシアと……男ふたりが一緒にいた。

「そ、その、困ります……」

「いいじゃねえか。俺らと遊ぼうぜ」

「ひとりなんだろー。いいとこ連れてってやるからさ」

怯えたようなレティシアに、男たちは下卑た笑みを浮かべて迫る。顔が赤いところを見るに酔っぱらいらしい。典型的な、迷惑なナンパだ。

そう思ったときには、シオンはすでに窓から身を投げ出して、落下の勢いも利用して男ふたりの首筋に手刀をくらわせていた。

「「ぐぶっ!?」」

「し、シオンくん……!?」

「こっち！」

昏倒した男たちをゴミ捨て場に転がして、目を丸くするレティシアの手を引いて颯爽と部屋へと戻る。入って早々、シオンはレティシアの肩をがしっと摑んだ。

「大丈夫!?　何もされなかった!?」

「は、はい。大丈夫、です」

レティシアは目を瞬かせながらも、ぎこちなくうなずいた。

おかげでシオンはほっと胸をなで下ろすのだ。

「よかったあ……それにしても、なんで外にいたの？　宿の人に話してくるって言ってたのに」

「それが、その……このお宿にはもう空き部屋がないみたいなので、他のお宿を探しに行こうと思いまして……」

それで外に出てすぐ、先ほどの男たちに絡まれてしまったらしい。

レティシアはそう言って、申し訳なさそうに縮こまってしまう。

「私と一緒だと、シオンくんがゆっくり休めないかもしれないな、って思って……結果的にご迷惑をかけちゃいましたね。すみません」

「うっ……そ、そんなことないよ。大丈夫」

意識しすぎて挙動不審になっていたことは包み隠し、シオンは眉をひそめる。

「それより、女の子なんだから夜に出歩くなんて危ないよ。無茶しないで」

「へ、平気です。いざとなったら切り札もありますし。これまでの旅だって、ひとりでもなんとか切り抜けて来られたんですよ」

レティシアはぐっと拳を握って意気込みを語る。

そうは言っても、シオンはハラハラするばかりだ。

(レティシアが持ってるのは白神紋だし、攻撃魔法は使えない……切り札っていったいなんだ？)

神紋ごとに、得意分野と不得意分野が存在する。レティシアの持つ白神紋は回復魔法を得意とするが、その他の攻撃魔法は一切会得できないことで有名だ。

(武術の心得があるとも聞いたことないし……心配だな……あ、待てよ？)

そこでシオンは名案を思いついた。

「レティシア、次の街に行くって言ってたよね。それってひょっとして、デトワール？」

「は、はい。そうですけど」

デトワールというのは、ここから馬車を乗り継いで、丸一日ほど行った先にある大きな街だ。

ちょうど大きな街道が交差する地点に存在し、この町の十倍以上もの人口や広さを誇る。この地方の中心部だ。冒険者ギルドの地区本部もそこに存在する。

「それ、俺もついて行ってもいいかな？」

「えっ」

シオンの申し出に、レティシアは目を丸くする。

「女の子ひとりだと、色々大変だと思うんだ。俺もこの町だと変な評判ばっかり広まってるはずだから、新天地でスタートを切りたいっていうかさ……」

昼間ギルドで向けられた、好奇と畏怖の入り交じる幾多の視線を思い返す。

神紋を持たないはずの無能が突然強くなったのだから、人々の反応も無理もない。そんな怪しさ満点のシオンをあえて仲間に引き入れようなんて物好きはなかなか見つからないだろう。

だからいっそ、新しい土地で再スタートを切るのが早い。そう考えたのだ。

「だから、デトワールの街まで一緒に行かない？」

「ほ、本当にいいんですか……？」

「うん。レティシアがかまわないのなら」

「もちろん大歓迎です！」

レティシアはシオンの手を握り、ふんわりと笑う。

先ほどまでの無理をした笑顔とは異なる、心から安心したような温かな笑顔だ。握った指からも、その思いが伝わってくる。

「慣れ親しんだ町を出るときは、いつも心細かったんです。でもシオンくんが一緒なら……今回は全然寂しくありません。ありがとうございます」

「それはよかった。デトワールでもパーティの募集を探すつもり？」

「はい。一応他にも用事はありますけど……この町と同じで、パーティの求人を当たることになると思います」

「そっか。俺と一緒だね」

シオンが笑いかけると、レティシアはますます笑みを深めてみせた。

（一緒のパーティに入れるといいなあ……できたら俺がパーティを作って、レティシアを誘えば早いんだけど）

新たにパーティを立ち上げるには、それなりの条件が存在する。

ギルドへ登録料や書類を納める必要があったり、ランク無しの場合は最低五人という人数を揃えなければいけなかったり……シオンのような新米冒険者ひとりでは、パーティ立ち上げなど夢のまた夢だ。

シオンはこっそりとため息をこぼす。

（俺がもしもＦランクなら、さくっとレティシアを誘えたのになあ……）

ランクとは、冒険者の格を示す基準だ。

初心者はまず第一の階位、Ｆランクに上がることを目指す。

それには昇格試験を受ける必要があるのだが……誰でも受験できるわけではない。冒険者としてこなしてきた依頼の数や質、名声によってギルドに認められて、初めて受験資格を得ることができる。

新米がFランクに上がる平均必要期間は約二年。

実績によって前後したりもするが、シオンはまだ何の功績も挙げていない状態だ。昇格試験の受験資格を得るのはまだ当分先のことになるだろう。

そんな切ない思いを噛みしめていると、レティシアがにこやかに部屋を出て行こうとする。

「それじゃ、今日はもう寝ちゃいましょう。受付で毛布を借りてくるので、私は床で――」

「待って」

世知辛い苦悩など一瞬で吹き飛んだ。

シオンは素早くその手を摑んで引き止める。

「女の子を床でなんか寝かせられるわけないだろ!?　俺が床で寝るから、レティシアはベッドを使ってよ！」

「で、でも、それじゃあ助けていただいたお礼になりません！　私が床で寝ます！」

「いいや俺が床で寝る！」

「私です！」

先ほどまでのほのぼのした空気から一転、互いに一歩も譲らない口論が勃発した。

宿に一緒に泊まることは認めても、さすがにこれはシオンも折れるわけにはいかなかった。

かくして意外と強情なレティシアとの話し合いは、夜中まで続いた。

カーテンの隙間から、糸を引いたような朝日が差し込んだ。

窓の外から響くのはかすかな鳥の声。穏やかな朝がやってきた。

風に合わせて光が顔をちらついて、シオンは目を覚ました。まぶたを開き、ぼやけた視界が段々とクリアになっていき――。

「っ〜〜〜！」

そのまま絶叫しそうになる。

それをグッと堪え、かわりに唇を噛み締めた。

「すう……すう……」

何しろすぐ目の前に、レティシアの寝顔があったからだ。長いまつ毛が数えられるほどに近い。

規則正しい寝息が頬にかかり、シオンは背筋がぞわぞわした。

まさか本当に一線を越えてしまったのかと一瞬ヒヤリとするが、すぐに昨日のことを思い出す。

（そ、そうか、どっちがベッドを使うか決まらなくて……結局ふたりで寝ることにしたんだっけ）

互いに背を向けて、極力離れて眠りについたはずだが……今や完全に向かい合い、ほとんどゼロ距離だ。

レティシアをよく見ればパジャマがはだけ、胸元がちらりとのぞいていた。太ももがシオンの足に触れていて、すべすべの肌の感触が暴力的だ。

いい匂いがするし、温かさが心地よい。

シオンはごくりと喉を鳴らした。

（いや、これ以上はダメだ……そーっと出よう……起こさないように、そーっと……）

レティシアが起きた時のことを考えると気まずすぎる。

気配も物音も殺し、シオンはベッドから抜け出そうとするのだが――。

「うう……」

「うん……？」

そこで、レティシアの眉がぴくりと動いた。

夢を見ているのだろう。安らかだったはずの寝顔は苦しげな表情へと変わってしまう。

唇からこぼれ落ちるのは、ひどくか細い寝言だった。

「どこに……でも、私…………いや……やだ……」

寝言は途中で途切れ、かわりに穏やかな寝息がこぼれ落ちる。寄せられていた眉も元どおりだ。

そんな彼女を見つめて、シオンは小さく吐息をこぼす。

（やっぱり、何か事情があるんだろうな……）

レティシアは神紋を持たないシオンにも優しく、何度も手を差し伸べてくれた。

今も突然強くなったシオンに対して態度を変えずにいてくれる。だから、彼女の力になりたいと強く思った。

シオンはぐっと拳を握ってうなずく。

「よし、今度ちゃんと困っていることがないか聞いてみよ……うん？」

自分に何ができるか分からないが、見て見ぬ振りを続けるよりはずっといい。

そんな決意を固めた折、部屋の扉が控えめに叩かれた。

「は、はい。今出ます」

宿の人だろうか。レティシアを起こさないように足音を殺し、ドアを開ける。

するとそこには意外な人物が満面の笑みを浮かべて立っていた。

「おはよう、シオン。捜したぞ」

「ふ、フレイさん……？」

にこやかに右手を上げてみせるのは、冒険者ギルド支部長のフレイだ。シオンが右手の怪我を治したからか、いつものガントレットは外していた。

予想外の客人に目を丸くしつつ、シオンは軽く頭を下げる。

「おはようございます、フレイさん。何かご用ですか……？　っていうか、何で俺がここにいるって分かったんです？」

「なに、町中の宿を虱潰しに当たっただけだ。おまえに少し話があってな」

「話……ひょっとして腕の傷が痛むとかですか？」

シオンが治したフレイの腕におかしな点は見当たらない。しかし当人にしか分からない違和感などがあるのかもしれなかった。

そう考えてシオンはハラハラするのだが、フレイはからりと笑うばかりだ。右手をかざして、ゆっくりと指を動かしてみせる。

「まさか。腕の方は絶好調だ。あれから適当な冒険者をつかまえて手合わせしたんだが、昔よりも調子がいいくらいだ」

「それはよかった。でも、それじゃあどんなご用件です？」

「なに、治療の礼だ。おまえにいい話を持ってきた」

フレイは懐から一枚の羊皮紙を取り出して、シオンの目の前にかざしてみせる。

形式張った文章が並ぶその下には、彼のサインと判子がでんっと飾られていた。

そして冒頭にはこう書かれている。

いわく――冒険者Fランク昇格試験受験許可証。

「デトワールの街まで行って、昇格試験を受けてこい。支部長権限でおまえの受験資格をねじ込んだ」

「はい!?」

いっそ清々《すがすが》しいほどの職権濫用をフレイは堂々と言ってのけた。

# 五章　Fランク昇格試験

その次の日の早朝。

シオンとレティシアのふたりは、デトワールの街に到着した。

近隣一帯でもっとも大きな街というだけあって、街の入り口からすでに人通りが多かった。シオンたちが乗ってきた乗合馬車もほぼ満員で、後から後から人が降りてくる。

どの建物も背が高く、そうした建造物が表通りにずらっと並んでいる様は圧巻だった。

あちこちに屋台が出ているし、まるでお祭り騒ぎだ。だが、これがこの街の日常なのだろうと人々の様子から読み取れた。

「噂には聞いていたけど、ほんとに大きな街だなあ。初めて来たよ」

「そうだったんですか。私は……私も、たぶんこの街は初めてですね」

レティシアは街のすぐ後ろにそびえる山を見て、小さなため息をこぼす。

灰色がかった巨大な山だ。山頂は雲に隠れて見えず、大きく両手を広げるようにして山裾が続いている。

「あんな大きなお山、見たことありません」

「ああ、デトワール山だよ。なんでも強い魔物がたくさん棲んでいるとか」

それゆえ、この街には腕に覚えのある冒険者が集うという。近隣地方で最も大きな冒険者ギルドが置かれているのもそのためだ。

「それじゃ、一緒にギルドへ行こうか。パーティの募集を探すんだよね？」

「その前に、私はちょっと用事があるんです。今日はそちらを済ませてしまいますね」

「そっか。じゃあここでいったん別行動だけど……ひとりでも大丈夫？」

「平気です。今日は人通りの多い場所を歩くつもりなので」

先日、宿屋の前でナンパされていたことは記憶に新しい。

心配するシオンだが、レティシアはにっこりと笑ってみせる。

「それでもなあ……あっ、そうだ」

そこでぽんっと手を叩き、シオンは明るく提案する。

「何か危ない目に遭ったら、めいっぱい大声を出して俺のことを呼んで。そしたらどこにいたって駆けつけるからさ」

修行の結果、シオンの五感は尋常でないレベルまで研ぎ澄まされた。

最初の内は気配に酔って吐いてしまうこともあったが、いつの間にか五感を常人レベルに落とすことを覚えていた。

だが、レティシアの声を聞き付けられるよう、気を張り続けることは可能だ。

そう説明するのだが、レティシアはくすくすと笑う。

「ふふ。シオンくんったら冗談がお上手なんですから。この街、一日じゃとても回りきれないほど大きいんですよ？」

「いや、わりと本気なんだけど……？」

「分かりました。それじゃ、何かあったら呼びますね」

結局本気にはしてもらえなかったが、気に留めてもらうだけでもよしとした。

レティシアは自分の荷物を担ぎ、表通りを目指して歩き出す。

「それじゃあ行ってきます。シオンくんも、Fランク試験頑張ってくださいね！」

「うん。ありがとう、レティシア。あっ、別れる前にもう一つだけ」

「？　なんですか？」

シオンは足を止めた彼女に駆け寄って、その手をぎゅっと握りしめた。

「困っていることがあったらなんでも言ってね。俺は絶対にレティシアの味方だから」

「……」

レティシアは少しだけ息を呑み、その表情がかすかにこわばる。

しかし彼女は小さく息を吐いてから、シオンの手をやんわりと離した。

「……ありがとうございます。それじゃ、また後で」

そうして今度こそ背を向けて歩き出し、人混みの向こうに消えてしまった。

そんな彼女を見送ってから、ダリオが【ふむ】と唸る。

【やはり訳ありのようだな、あの娘】

「……師匠もそう思います？」

シオンは肩をすくめて、レティシアが消えた方を見つめる。

「でもあの様子じゃ、すんなり打ち明けてもらえそうにもありませんね……」

【なに、気にするな。そのうちチャンスは巡ってくるだろうよ】

ダリオは軽い調子で弟子を励ましてくつくつ笑う。

【くくく……それにしても意中の女子と同衾して指一本たりとも触れんとは。予想通りといえば予想通りだが、汝はもう少し遊びを覚えた方がいいのではないか？】

「ぐっ……！　いいでしょう、別に！　俺はこういうことは堅実に進めたいタイプなんです！」

【ウブよなあ。我なら寝所に忍び込んできた娘は片っ端から食ってやったが。それこそ礼儀というやつでは？】

「師匠は逆に場慣れしすぎなんですよ！」

顔を真っ赤にしてツッコミを入れる。

さすがはかつて伝説を築いた英雄だった。流した浮き名は数知れないらしい。

もちろんそんな爛《ただ》れた生活、シオンにはまるで経験がない。女子とただ同じベッドで眠るだけなのにガチガチになる始末なのだ。

（師匠みたいになるのは遠いな……いや、この場合は目指さなくていい気もするけど）

見習うところは見習って、あとの部分は反面教師にしよう。

そんな決意をこっそり固めつつ、半笑いをダリオに向ける。

「でも、それだけ多くの女の人に手を出したなら、師匠の血を引く子孫なんてのも世界のあちこちにいそうですね……」

【はあ……？】

話のついでの軽口だ。

だがしかし、それにダリオはおかしな反応を見せた。思いっきり唸ってから、訝しがるようにして続ける。

【我に子孫なんぞいるわけないだろう。我は生涯独り身だったぞ】

「それは本にも書いてたから知ってますけど……その、ワンナイトラブを楽しんだ女の人たちが師匠の子をこっそり産んでた、とかあるんじゃないですか？」

【なんでそうなる。汝はアホか？　我が女と寝て、子供などできるはずないだろうが】

「はい……？」

そのきっぱりとした断定に、シオンは首を捻るしかない。自身に隠し子がいる可能性を、完全にゼロだと確信しているようだった。

（師匠、わりと雑な人だと思ってたけど……意外と女の人たちに気を配ってあげたりしたのかな

……？】

だから誰も自分の子を産んでいるわけがないと断言できるのだろうか。しかし、シオンがバカにされる理由はまるで分からなかった。

シオンが目を白黒させていると、ダリオは話題に飽きたのか【そういえば】と話を変える。

【あの娘のことも気になるが……汝は試験を受けるのだよな？】

「ああ、はい。Ｆランク試験です。でもまさかこんなに早く受けることになるなんて夢にも思わなかったなあ……」

【そんなに重要なものなのか。そのランク、というのは何だ？】

「あれ、師匠はご存じないんですか？」

【知らんな。我の時代にはそのような制度はなかった】

ダリオが生きていたのは、今からおよそ千年も昔の時代だ。それだけの時間があれば制度も色々と変わるだろう。

シオンはかいつまんでランク制度を説明する。

冒険者の格を表すものであり、試験を受けて認められれば昇格する。

ランクはＦから始まりＡまで上がる。その試験を受けるにも、それなりの実績が不可欠で……ざっと解説すると、ダリオは【ふむ】と唸る。

【なるほど、Ａランクというのが最上の称号というわけか】

「一応、この上にさらにSランクっていうのがありますけどね。なろうと思ってなれるものじゃないんです」

Sランクには試験が存在しない。広く世界に貢献し、あまたの冒険者からの尊敬と畏怖を集めた者だけに送られる称号だ。

これまでの歴史上、Sランクを与えられた数は十に満たない。

「ちなみに過去の偉人にも与えられる称号なんです。師匠もSランクのはずですよ」

【ふん、当然だろう】

ダリオはどうでもよさそうな相槌を打ち、そうかと思えば声を弾ませる。

【よし、ならば汝もそのランクとやらをとっとと上げて、我に並ぶSランクとなれ。当面の目標はそれだな】

「いつものことだけど無茶言うなあ……でもまあ、いい目標かもしれませんね」

物心ついたころから、賢者ダリオのようになるという漠然とした目標を抱いて生きてきた。そこに、Sランクという具体的な指標が加わっただけにすぎない。

(俺がSランク……なれたらどんなに嬉しいだろう！)

道のりは険しく遠いはずだが、シオンの胸は非常に高鳴った。

ぐっと拳を握り、意気込みを語る。

「だったら、まずは最初のFランクに上がらないといけませんね。試験頑張ります。見ていてくださいね、師匠！」

【うむ、意気込むのはいいことだが……汝はもう少し声を落とした方がいいぞ】

「あっ……」

潑剌《はつらつ》とした独り言が多いシオンのことを、往来の人々は怪訝そうな目で見つめていた。ダリオの声が他人には聞こえないことをすっかり忘れていた。

こうしてシオンは試験会場へと向かった。

そこで最初に出迎えてくれたのは歓迎の言葉ではなく、罵声だった。

「遅いぞ！　馬鹿者めが！」

「す、すみません！」

シオンが試験会場にたどり着いたとき、すでにそこには大勢の人が集まっていた。

受験予定らしき若い冒険者たちの正面には、ギルド職員の制服を着た面々が立ち並んでいる。

その中から、でっぷり太った小柄な中年男がシオンへ怒号を飛ばした。

どうやらギルドでそれなりの地位にいる男のようで、上等な衣服に身を包んでいる。

シオンは彼にぺこぺこと頭を下げて、冒険者の中に紛れ込む。

デトワールの冒険者ギルドに行くと、試験は別の場所で行われることを知った。

それで、慌ててこの試験会場――デトワール山のふもとに広がる広場まで走ってきたのだ。急いだものの、どうやらギリギリだったらしい。

（うう……試験前から幸先が悪いなあ）

周囲の冒険者たちからは、嘲るような笑い声がちらほら聞こえてくる。

どうやらライバルたちに自信を付けさせてしまったらしい。しかし、そんな中。

「ねえ、あなた大丈夫？」

「えっ」

ハッとして顔を上げれば、すぐ側にいた女の子が心配そうにこちらを見ていた。

赤い髪をツインテールにした、活発そうな出で立ちの少女だ。背中には大きな弓矢を背負っている。年のころはシオンとさほど変わらないように見えるが、彼女もこの試験を受けるということは冒険者としてそれなりの実力を有しているのだろう。

周囲が白い目を向ける中、少女はシオンに笑いかけてこそこそと声をかける。

「あたしも道に迷って時間ギリギリだったのよ。だからそんなに気にすることないわ」

「あ、ありがとう。俺、シオンっていうんだ。きみは？」

「プリムラよ。お互い頑張りましょうね、シオン」

「うん、よろしく！」

プリムラが差し出した手をぎゅっと握り返せば、気持ちがすっと落ち着いた。

（いい人もいるんだなあ……）

シオンがしみじみと人の温かさに感じ入っていると、先ほどの太った中年男が舌打ち交じりにかぶりを振る。

「まったく、最近の若い奴らにはほとほと呆れるばかりだ。ともかくまずは出欠を取る。名前を呼ばれたら返事をするように」

そのまま彼は書類の束を取り出して、おざなりに名前を読み上げていく。

あちこちから威勢のいい声が響き、ついにシオンが呼ばれた。

「シオン・エレイドル」

「は、はい！」

「なんだ、遅刻しかけた貴様か。貴様の名前と顔は覚えておくとして……む？」

中年男はシオンのことを睨みつけるものの、不意にその目をすがめてみせた。

じっと紙の束を見つめ、やれやれとかぶりを振る。

「ちっ、書類も不備があるではないか。おい貴様、前に出ろ」

「は、はい？」

言われるままにシオンは人垣をかき分けて前に出る。

この試験の受験許可証を発行してくれたのはフレイだ。

生真面目な彼が、そうそうミスをするとも思えなかったのだが……首をひねっている間に、中年男は手早く呪文を唱えた。

「旧き精霊たちよ、この者の祝福をここに示せ」

呪文によって生じた光がシオンの右手を包み込む。

何度見たかも分からない、神紋を判定する魔法である。

しかし当然ながらシオンの右手には何の印も浮かび上がることはなく、光はすぐに霧散してしまう。

「なに!?　無神紋……だと!?」

その結果を目の当たりにして、中年男のみならず、居合わせた全員――先ほど声をかけてくれたプリムラまでもがどよめいた。

「神紋の欄が空白であった故、不備かと思ったが……無神紋だったとはな。それでよくこんな場所に顔を出せたものだ」

「あはは……」

蔑むような中年男の物言いに、シオンは苦笑する。この反応もよく見たものだ。

だから臆することなく胸を張り、彼らに向けて言葉を投げかける。

「たしかに俺は神紋を持ちません。でも、必死に修行して――」

「話にならん！」

「なっ……！」

シオンの言葉に耳を貸すこともなく、男が紙の一枚を破り捨てる。

風に散らばる紙片にはシオンの名前が書かれているのが見えた。おそらくフレイが手配してくれた書類だろう。

呆然と立ち尽くすシオンへと、男はしっしと追い払うように手を振った。

「神紋を持たぬような無才なら、試験の結果は目に見えている。時間の無駄だ。とっとと帰るがいい」

「ど、どうしてですか!? 許可ならちゃんといただきました！」

「それだ。いったいどこの馬鹿が無神紋などに受験許可を与えたのか……」

男はぶつぶつと文句をこぼしつつも、シオンのことを睨みつける。

「ともかく貴様は不合格だ。これ以上とやかく言うつもりなら、うちの職員をもってして排除させてもらうぞ。他の受験者たちの邪魔になるからな」

「そ、そんな……！」

「シオン……」

プリムラも青い顔で何か言いたそうにしていたが、周囲の様子をうかがって口をつぐんだ。

男だけでなく、プリムラをのぞく全員がシオンに白い目を向けていた。

それはかつてシオンが受けていたものより、数段強い侮蔑の眼差しだ。

(そういえば聞いたことがあるな……都会ほど、無神紋への差別が激しくなるって)

都会には神紋ごとの養成学校があったりと、神紋に対する意識が非常に強い。

それゆえのんびりした田舎とは比べものにならないほどに、神紋を持たない者への差別が横行しているという。

話には聞いていたものの、思っていた以上のようだ。

緊迫した空気が満ちる中、ダリオはさも愉快そうにくつくつと笑う。

【ほう、これはまた面白い挑発だな。この場の奴らを蹴散らしてやれば、簡単に汝の力が示せるのではっ？】

(ダメですよ！　事を荒立てたら試験を受けるどころじゃなくなります！)

かと言って、この場を打開するような手は見つからなかった。

シオンが逡巡した、そのときだ。

「待ってもらおうか」

そこで、よく通る声が響いた。冒険者の人垣がざっと開いて現れるのは——。

「なっ……レオンハート!?」

「久方ぶりだな、グスタフ副支部長どの」

にこやかな笑みを浮かべた、フレイの姿だった。

グスタフと呼ばれた中年男は、突然現れたフレイに目を丸くするばかりだった。

周囲の冒険者たちも興奮した様子で言葉を交わす。

「レオンハートって……まさかフレイ・レオンハートか!?」

「それってあの赤獅子!?　十年前に冒険者を引退したっていう、あの……！」

ざわつく周囲の様子など気にも留めることなく、フレイはまっすぐこちらへ歩いてくる。

「すまないな、シオン。仕事を片付けていたら遅くなったんだ。間に合ってよかった」

「い、いえ。フレイさんもこっちにいらしてたんですね」

「ああ。どうせこうなるだろうと思っていたからな」

そこでフレイはグスタフを見やり、大仰に肩をすくめてみせた。どうやら知らない仲ではないらしい。ただし、けっして良好な関係とは言えなそうだ。

グスタフはハッとして怒鳴り始める。

「い、いったい何をしに来た、レオンハート！　その無神紋とはどういう関係だ！」

「そう気色ばむな、グスタフ副支部長どの。私は彼の応援に来ただけだ。受験許可を出したのはこの私だからな」

「なっ、なんだと!?」

グスタフは絶句して、周囲の職員や冒険者たちも目を丸くしてざわめいた。

どうやらほとんどの者がフレイのことを知っているらしい。

「フレイさんって、ひょっとして有名人なんですか？」

「そうでもないさ。冒険者だったころはこの街を拠点としていたからな。単に顔を知る者が多いだけだろう」

「冒険者だったころ……ちなみに当時のランクはいかほどで？」

「たしか十九歳で、Ｃランクに上がったところだったかな」

「Ｃランク……!?」

さらっと飛び出した衝撃発言に、シオンもまた言葉を失ってしまう。

そんな中、ダリオだけが釈然としないように唸ってみせた。

【Ｆから三つ上がっただけではないか。そんなに驚くものか？】

（そりゃ驚きますよ！　Ｆランクになるのは比較的簡単だけど、それより上はめちゃくちゃ難関なんです！）

冒険者の中でも、Ｃランクまで上り詰めることができる者は二割程度だ。

ほとんどの者がＦのまま終わり、Ｅに上がった者はそれなりにもてはやされる。

十代の若さでＣランクなんて、故郷の田舎では聞いたことがない。天才と呼んでしかるべき業績だ。

シオンはフレイの顔をしげしげと見つめるしかない。

「俺、知らないうちにすごい人と知り合いだったんですね……」

「なあに、おまえに比べれば私などたいしたものではないさ」

フレイはさっぱりと笑ってみせて、グスタフに向き直る。

「彼はたしかに神紋を持たない。だが、実力のほどはこの私が保証しよう」

「血迷ったか、レオンハート！　無神紋の肩を持つなど正気の沙汰ではない！」

「何とでも言ってくれてかまわんさ。ただ、副支部長どのがこのままシオンの受験を認めないというのなら……私はそちらの支部長に直談判しなければいけなくなるだろうな」

「くっ……！　支部長の昔の仲間だからといって、大きな顔をしおって……！」

フレイとグスタフはバチバチと火花を飛ばして睨み合う。

どうやら相当仲が悪いようだ。ハラハラするシオンをよそに、周囲の者たちは顔を見合わせて盛り上がり始める。

「つまりあいつって、あの赤獅子が認めた冒険者なのか……？」

「でも無神紋だろ。何の才能もないって聞くぞ」

「わかんねえぞ……ひょっとしたら何か切り札があるのかも」

「い、いったいどんな実力者なんだ……!?」

誰もがごくりと喉を鳴らし、シオンを見つめる。中には先ほど声をかけてくれたプリムラもいた。

彼らの視線からは侮蔑が消えて、かわりに強い好奇心が感じられた。

やがてグスタフが諦めたようにかぶりを振る。

「いいだろう、その無能の受験を許可する……ただし！」

びしっとシオンに人差し指を向け、彼は勢いよく言い放った。

「無神紋がランク試験を受けるなど、前例がない！　それゆえ合格基準は他の受験者より厳しくするが……それでいいな！」

「かまわん」

「えええっ!?」

フレイは鷹揚にうなずいてみせた。

うろたえるシオンに、彼はいたずらっぽくウィンクする。

「そう怖じ気付く必要もあるまい。Ｆランクの試験など、多少難易度が上がってもおまえなら楽勝だろうよ」

「で、でも、ここで俺が失敗したら、フレイさんにご迷惑がかかるんじゃ……」

いわば同業者の仕事を邪魔して、喧嘩をふっかけたようなものだ。ここでシオンが結果を出せなければ、当然フレイの評判も落ちるだろう。

心配するシオンだが、彼はニヤリと笑って右手をひらりと掲げてみせる。

「かまうものか。おまえは私の腕を治してくれた恩人だ。それに報いたいと思うのは当然のことだろう?」

「フレイさん……」

「私はチャンスを与えることしかできない。それを摑むかどうかはおまえ次第だ、シオン」

その言葉がシオンの胸を打った。

信頼と期待に、体の底から力が湧き上がる。ダリオも愉快そうに笑った。

【くくく。この男め、なかなか言うではないか。さあどうする、我が弟子よ】

「俺は……！」

シオンはぐっと拳を握り、グスタフを見据えてはっきりと言った。

「やります！　どんな難題だって乗り越えてみせます！」


その一時間後。

シオンはデトワール山のただ中を、封書を握り締めて歩いていた。

Fランク試験の内容は実にシンプルなものだった。

受験者それぞれにミッションが出され、それを日暮れまでに達成すると合格だという。

ミッションの内容はさまざまで、モンスターを狩ってこいだの、貴重な薬草を探してこいだの、ほとんど被ることはないらしい。

受験者が時間をおいて順々に山へと入り、最後がシオンの番だった。

しばらく山道を歩いてから、シオンはあたりを見回す。

ほかの受験者はもうずいぶん先に行ってしまったようで、あたりには何の気配もない。

「よし、そろそろミッションの内容を確認するかな」

グスタフから渡された封筒の口をびりっと破る。

中には一枚の紙が入っていた。

「えーっと、『ブルードラゴンを三匹倒せ』……？」

本来は『一匹』という課題だったらしいが、一の数字が乱雑に塗りつぶされて、横に三が付け足されていた。どうやらこれがシオン用に作られた難易度高めのミッションらしい。

そう言われても、シオンにはまるでピンとこなかった。

「ブルードラゴンって、どんなモンスターだろ」

【なんだ、知らぬのか】

「うっ……仕方ないじゃないですか」

ダリオが呆れたように相槌を打つので、シオンは眉を寄せてしまう。

「土地ごとに、生息するモンスターがかなり変わるって言いますし。俺の地元じゃそもそもドラゴンなんて全然見ませんでしたよ」

【そうは言っても勉強不足なのには変わりがないだろう。まったく呑気な弟子だ】

「ぐうの音も出ません……」

これまでは体力作りや魔法の練習に追われていて、近場のモンスターについて勉強するのが精一杯だった。この山のモンスターについてはまったく知識がない。

困り果てるシオンだが、ハッと思い直して魔剣を掲げる。

「でも師匠ならどんなモンスターだかご存じですよね。なんたって伝説の英雄ですし」

【はっはっは、当然だろう】

ダリオは鷹揚に笑ってみせて、あっさりと言った。

【当然、知らんな】

「ええええ!?　師匠、世界を股に掛けた英雄でしょう!?　こんなポピュラーそうな名前のモンスターも知らないんですか!?」

【そうは言っても千年以上も前だぞ。それだけあれば、魔物なんぞ如何様にでも進化するわ】

「と、言いますと……？」

普通の動植物ならば、何千、何万年という時間を掛けて進化する。

しかしダリオが言うには、魔物はまったく別格の存在らしい。

土地ごとの環境に柔軟に適応し、さらに大気に満ちるマナを取り込んで突然変異する。百年もあれば、元の姿形からかけ離れた外見になっても珍しくはないという。

【我が生きている間にも、ブラック・フレアドラゴンという炎を吐く黒竜がいたんだがな。いつの間にやら体表がピンクに近い紫に変わって、火の代わりに毒を吐くようになった。名前も変わったくらいだ】

「へえ……魔物にも色々あるんですね。ちなみにそのドラゴン、結局なんて名前になったんです？」

【デーモンクロー・ドラゴンだな】

「紫要素も毒要素も、いったいどこに行ったんですか」

【学者どもが名付けに迷っている間にまた形態が変わったんだ】

「今どうなってるんだろ、元ブラック・フレアドラゴン……」

そんな話をしつつも、シオンは山道を外れてみることにした。

山の中を当てもなく歩き回って、ひとまず『ドラゴンっぽいもの』を捜索する作戦である。

生き物の痕跡を注意深く探しながら、シオンは小さくため息をこぼす。

「でも師匠がブルードラゴンをご存じなくて、良かったのかもしれません」

【ふむ、それはどうしてだ？】

「だって聞いたらカンニングになっちゃうじゃないですか。正々堂々試験に受からなきゃ、応援してくれたフレイさんに申し訳ないですよ」

【生真面目なやつめ。小狡いことを覚えた方が人生楽だぞ】

ダリオはそう憎まれ口を叩きつつも、声は愉快そうに弾んでいた。

そんな師に笑いながらも――シオンはふと、ミッションの紙を見下ろす。

「それにしても……どうして神紋を持たないっていうだけで、こんなに風当たりが強いんですかね」

シオンが神紋を持たないというだけで、周囲の目ががらっと変わった。

あれだけ親しげに話しかけてくれていた少女――プリムラも途端によそよそしくなって、結局あれから言葉を交わすこともなく先に山へと入っていってしまっていた。

何よりも解せないのは、ミッションの討伐課題が一匹から三匹に変わったことだ。

どんなモンスターだか知らないが、おそらく難易度はぐっと跳ね上がっているのだろう。

「これって、俺を合格させないためですよね。どうしてこんなことをするんでしょう？」

【簡単なことだ。誰しも己と違う存在を恐れるものだからな】

ダリオはぼやくように相槌を打った。

【我の生きていた千年前なら、神紋を持たない者はそう珍しい存在ではなかった。むしろ、神紋持ちの方が少なかったくらいだな】

「そうなんですか？　あれ、でも師匠は神紋を持たないからって馬鹿にされたんですよね？」

そしてその怒りを原動力にして、ダリオは気の遠くなるほど長い修行を積んで強さを手に入れた。

だが無神紋がマイノリティでなかった時代なら、それほど揶揄されることもないはずだ。

シオンがそう尋ねると、ダリオは鷹揚に【そうだ】と肯定する。

そうしてため息交じりにこう続けた。

【我の幼少期は、無神紋への偏見はなかった。それが広まったのは我が長じてから……あの忌々しいゴミ集団、聖紋教会が現れてからだ】

ダリオはその単語を、ひどく苦々しい物でも口にしたように吐き捨てた。

それにシオンは少しだけ『おや？』と不思議に思う。

師の口が悪いことは百も承知だが、何かを悪し様に言うときは揶揄するようなニュアンスが多分に含まれていた。

だがしかし、その『聖紋教会』に関しては違う。

憎悪でも、呆れでもない。

もう二度と関わりたくないという、辟易した思いだけが伝わってきたのだ。

シオンはそれが気になりつつも、黙ってダリオの話に耳を傾けた。

【聖紋教会は表向き、神紋をあがめる宗教団体だった】

彼らは当時広まりつつあった神紋を神より与えられた祝福だとし、それを持たない者は神から見捨てられた者であると説いた。

単にそれだけならば、民衆の反感を得るだけで終わっていただろう。何しろ当時の人間は大多数が無神紋だったのだから。

だが、聖紋教会はとあるひとつの切り札をもってして、世界の隅々にまで広がっていく。

【教えを広めるために、奴らは何をしたと思う？】

「さ、さあ……」

【信者から金を巻き上げて、その額に応じた神紋を授けてやったのだ】

「えっ!?」

神紋を授ける。その突拍子もない言葉にシオンは仰天する。

ほとんどの者が生まれながらに持つ神紋。

それを新たに得ようと思えば生まれ変わるか、もしくは――脳裏に思い浮かんだ最悪の単語を、シオンはごくりと喉を鳴らしてから発した。

「まさかそれって、神紋手術ですか……？」

【その通り。その反応を見るに、この時代にも残っているようだな】

「残ってはいますけど……何処の国でも違法ですよ。受けても施しても厳しく罰せられるはずです」

【それはそうだろう。あんな危険な技術をのさばらせていいはずがない】

神紋手術。

それは文字通り、神紋を授ける魔法手術のことだ。

特殊なインクと針を用いて、体に直接神紋を刻み込むという。

それだけ聞けば夢の技術に聞こえるが、体への負担が著しく大きい。死亡率は三割を超え、運良く生き延びたとしても精神に異常を来したり、肉体が変質する例もあるらしい。

シオンもそういう裏の技術があると、噂で聞いたことがあるだけだ。

【当時の技術でも、死亡率は七割を超えた。それでも民衆は有り金をはたいて神紋を買った。神紋があれば、それなりに稼げる仕事に就けたからな】

夢の技術に民衆はすべてを賭け、一部の幸運な者以外は死ぬか、廃人になって街の隅に転がったという。

聖紋教会は国や貴族に大金を握らせ、自分たちの活動を後押しさせた。神紋手術は規制されることもなく、野放しにされたという。

【そして、我の姉もその手術のせいで命を落とした】

「っ……」

ダリオのあっさりとした告白に、シオンは小さく息を呑んでしまう。

山中を散策していた足も止まった。そんなシオンに、ダリオがかすかに笑う。

【何を動揺する。千年以上も昔の話だ。汝には何の関係もないだろうに】

「そ、そういうわけにはいきませんよ。だって、師匠のお姉さんですし……」

シオンは軽く瞑目し、魔剣を両手で掲げて頭を下げる。

「その……ご冥福をお祈りいたします」

【何を言い出すか。我もすでに故人ゆえ、祈られる側だぞ。どちらかと言うとな】

それに、ダリオは呆れたように笑ってみせた。

声にいつもの明るい調子がすこしだけ戻る。師は、そのまま何でもないことのように続けた。

【まあ、それで我は誓ったのだ。我だけは神紋などという腐れた証しを得ることなく……奴らが蔑む無能のまま、奴らをひねり潰してやろうとな】

「で、見事にひねり潰したってわけですか」

【そうだとも！　あっ、もちろん表立ってはやっておらんぞ。奴ら当時はそれなりに信者がいたからな。闇討ちであちこちの支部を襲撃してやったものよ！】

「英雄じゃなくてアサシンだ……」

ともあれダリオの暗躍によって聖紋教会は壊滅。神紋手術も下火となって、あとには無神紋への差別と、すこしだけ増えた神紋持ちが残ったという。

「でも、神紋手術はまだあちこちで行われているって言いますよ」

【そうなると、どこかに残党がいるのかもしれないな。もしくは技術だけかすめ取った愚か者か……ふむ、厄介なことだ】

ダリオは考えこむようにして口をつぐむ。

だからシオンは明るい声を努めて言うのだ。

「だったら簡単な話じゃないですか」

【む……？】

「俺が師匠のかわりに、その残党をひねり潰しますよ」

【……その必要はない。我と奴らの因縁は千年前に終わったものだ】

「でも、師匠の敵は俺の敵でもあるじゃないですか」

渋るようなダリオに、シオンはニヤリと笑う。

「Sランクになることと、悪党をひねり潰すこと。その両方を無茶振りするくらいじゃなきゃ師匠らしくありませんって」

【はっ、バカを言え。我が本気で無茶振りしたら……汝なんぞ泣いて命乞いするに決まっておる

わ】

ダリオは揶揄するようにくつくつと笑った。

本格的にいつもの調子が戻ったようだ。それにシオンはほっと胸を撫で下ろしつつも、先ほど聞かされたばかりの話を噛みしめる。

（師匠の過去に、そんなことがあったなんてな……）

軽く語って聞かされたものの、それは師がかつて抱いた感情を推し量るには十分すぎるものだった。物思いに沈むシオンへ、ダリオはやいやいと声をかける。

【ほれ、ぼーっとしている暇はないぞ。Sランクや悪党退治もいいが、汝はまずブルードラゴンとやらを……】

そこでダリオがはたと口をつぐむ。

シオンもまた思考を切り替えて、呼吸を静かなものへと変えて気配を殺す。

ふたりが意識を向けるのは真正面に広がる藪――その向こうだ。そちらからは草がこすれるかすかな音が小さく響いてくる。

「……何かいますね、師匠」

【そのようだな】

気配を殺したまま、足音を立てないように静かに近付く。

藪が生い茂っていてその先の景色はよく見えないが、のそのそ歩く影が見えた。

そのシルエットはずんぐりむっくりしていて、気配も人が発するものとは異なっている。十中八九魔物だろう。

だから、シオンは出会い頭の勝負に出た。

「《パラライズ》！」

「ピギャッ!?」

雷撃系の魔法――威力は弱めだが、相手を麻痺させる効果がある――を放つ。

疾雷は藪を切り裂き、見事に標的へと命中した。甲高い悲鳴が上がって、なにか大きなものが地面に倒れる音がする。驚いた小鳥たちが四方の木々から飛び立った。

「やった！　ひょっとしたらブルードラゴンかもしれませんよ！」

【わはは、幸先がいいではないか！　さすがは我が弟子！】

師とともにはしゃぎつつ、藪をかき分けて向こう側に出る。

そこは少し開けた場所だった。膝丈ほどにも伸びた雑草が絨毯《じゅうたん》のように広がっている。

そして、その中に倒れているものをウキウキとのぞき込み――シオンは「うん？」と首をかしげた。

「…………ドラゴンかな、これ？」

転がっていたのは、羽をむしられたニワトリのような生物だった。

粘液で覆われた体表は毒々しいほどの黄緑色で、黒い斑点が散っている。

鳥の羽があるはずの部分には申し訳程度の繊毛が生えて、足には鋭いかぎ爪が光る。頭部はトカゲと鳥を雑に混ぜ合わせたような造形だ。ギョロリとした目玉は大きく、やけに血走っていてグロい。

一般的にドラゴンと言われて想像する姿形とは、何一つ共通点がなかった。

これにはダリオも唸るばかりだ。

【爬虫類と鳥類は親戚だと聞くが……ちょっとこれはドラゴン要素ゼロでは？】

「ですよねえ……青くもないし」

シオンは気絶した魔物を見下ろしてため息をこぼす。

先ほどダリオから、魔物の容姿は変わりやすいと聞かされたばかりだ。

だからこの謎の生物がシオンの探し求めるブルードラゴンである可能性もあるのだが――。

「そもそもあのグスタフって人、無神紋の俺を合格させたくないわけですよね？」

【だろうな。それがどうした】

「だったらもっと強いモンスターを倒せって言うはずですよ。だから、これは違うと思います」

【たしかにそうか。これを三匹倒してこいと言われても、嫌がらせにもならんわな】

ダリオと一緒にうんうんとうなずく。

そうとなればやることは一つだ。シオンは気絶した魔物へ回復魔法をかけてやる。

「ごめんよ、魔物違いだった」

「ピギャアアアアア！」

鳥類なのか爬虫類なのかよくわからない魔物は、決死の形相で逃げ出す。

それが逃げる遠方へと目をこらしてみれば、同じ種類の魔物が二匹いた。

三匹はそろって藪の向こうへと消えてしまい、それを見送ってシオンはため息をこぼす。

「ま、簡単にクリアできたら試験じゃないですよね……焦らずやっていきます」

【とはいえ日暮れまで時間がないぞ。どうする】

「そうですね。この辺にあんな魔物しかいないなら、もうちょっと山頂の方を目指してみてもいいかもしれません」

弱い魔物がうろついているということは、このあたりにはあれ以上強い魔物はいないだろう。

だからシオンは場所を変えるべく、山の頂上を目指して歩き出した。

デトワール山は雲を見下ろすほどに高い。

そのため山頂に近付くにつれて空気も薄く、生息する動物も数少なくなった。植物もまばらで、ゴツゴツした岩肌がむき出しになっている。一言で表すとするならば殺風景な場所だった。

とうとう山頂までたどり着き、シオンはあたりを見回して首をひねる。

「どこにもいないなあ……強そうなモンスターなんて」

ここにたどり着くまでの間、あちこちを探索して回った。

試験の課題であるブルードラゴンなるモンスターを見つけ出すためだ。

しかし出くわすのは弱いものばかりで――どれもこれもシオンがちょっとデコピンしたり、剣の鞘で小突いたり、弱い魔法を加減して使っただけでぶっ飛んでしまった。

そんなものをいくら倒そうとも、試験に合格できるとはとても思えない。

そういうわけで探索を続け、山頂まで来たのだが……ここはモンスターの姿も見当たらない。

ダリオも訝しげに唸るばかりだ。

【ひょっとすると、よほどレアなモンスターを指定されたのかもしれないな。どうする、そろそろ時間だぞ】

「うーん……とりあえずこのあたりを確認してみます」

今日の夕刻までが期限のはずだが、太陽はすでに沈みかけている。猶予はあと一時間あまりと見ていいだろう。シオンは足早に探索を続ける。

周囲には大きな岩がゴロゴロと転がり、起伏も激しい。おまけに深い霧も立ちこめて、ひどく見通しが悪かった。冷たい風が吹きすさぶ音以外、何も聞こえない。

それでもシオンが目をこらし、遠くの方を確認しようとした、そのときだ。

「うん？　この、声は……」

耳がかすかな声を拾い、シオンは手近な岩へと登る。

そこから急勾配の下り坂となっており、はるか眼前に細い小道が見えた。そしてその小道を必死に逃げるのは――シオンの知る顔だった。

「プリムラ!?」

試験会場で出会った少女、プリムラである。

血に濡れた右手をもう片方の手で庇っており、服も最初に会ったときとは比べものにならないほどボロボロだ。彼女は何度も小さな岩に転びそうになりながらも、必死の形相で逃げていた。

何から？　もちろん強大な脅威からである。

その姿を見て、シオンはハッと息を呑んだ。

「ど、ドラゴンだ……!?」

それは、ひどく美しい竜だった。

全長およそ二十メートル。細いシルエットは蛇のようであり、尾は針のように細く、全身が銀細工のように細かな鱗に覆われている。薄氷のような羽は、向こうの景色が透けて見えるほどだ。

宙を泳ぐように飛行して、プリムラの後を追うそのドラゴンは――太陽の光を受けて、青白く輝いていた。

ダリオが感嘆に近い声を上げる。

【おお、ひょっとしてあれがブルードラゴンというやつでは？　青いし。よかったではないか、念願の獲物が見つかって】

「そ、それはそうですけど……っ！」

シオンはごくりと喉を鳴らし、逃走を続けるプリムラへと目を向ける。

ちょうどそのタイミングで、彼女は出っ張った岩肌に足を取られて躓いてしまった。

「きゃうっ……！」

悲鳴とともに地面に転がるプリムラ。

その瞬間、ドラゴンがその目をかっと見開いた。

獲物を追い回して遊ぶのにも飽きたらしい。

体をまっすぐ伸ばし、矢のように空を切り裂きプリムラめがけて突進する。絶体絶命の窮地。恐怖に顔を凍り付かせた彼女には、それを脱する術はひとつもないだろう。

「まずい！」

考えている暇もなかった。シオンは足下の巨岩を蹴りつける。

青白く輝くドラゴンの頭上に躍り出て、素早く魔法を紡いで放つ。

「《パラライズ》！」

まっすぐ伸ばした指先から電撃が打ち出され、ドラゴンの頭を打ち据える。山にいたどのモンスターも、この魔法一発で昏倒した。

しかし電撃はドラゴンの鱗にぶつかった瞬間、ばぢっと音を立てて消えてしまった。残ったのは薄い焦げ跡だけである。

（っ、弾かれた……!?）

奇襲は失敗。しかし幸運なこともあった。

「ル……ウウゥゥウ」

ドラゴンが空中でぴたりと動きを止め、シオンに目を向けたのだ。

動かなくなった獲物より、突然の闖入者に興味を引かれたらしい。

低い唸り声を上げて、落下してくるシオンを睨《ね》め付ける。

ゆっくりと開かれていく口の奥からは、凍てつくような冷気が迸った。いわゆる竜の波動——ドラゴンブレスを放つつもりなのだろう。

【どうやら他の有象無象とはレベルが違うらしいな！　さあ、どうする？】

「だったら……大技で押し切りますよ！」

楽しげな師へ、シオンもまたニヤリと笑みを返してみせた。

自由落下に身を任せ、瞬く間もなくドラゴンとの距離が縮まっていく。先に仕掛けたのは向こうからだった。

ドラゴンの喉の奥で青白い光が十字に瞬いた次の瞬間、青白いレーザー光線がシオンめがけて放たれた。

空気中の水蒸気を氷の粒に変えながら、宙を白に染めていく。そしてその光が眼前に迫ったとき、シオンの呪文も完成した。

「《サンダーブレイズ》！」

その手のひらから放たれるのは、先ほどの電撃とは比べものにならないほどの暴雷だった。

神の鉄槌と称しても遜色ないほどのそれが荒れ狂い、レーザー光線ごとドラゴンの体を打ち据えた。

「――!?」

閃光が弾け、ドラゴンの声なき断末魔が響きわたる。

光の嵐が収まったあと、そこには黒焦げになったドラゴンの遺骸が転がっていた。

あたりの岩肌もズタズタに焼け焦げており、ひどい熱気が満ちて威力のすさまじさを物語る。

そんな中、プリムラはドラゴンの前でぽかんと座り込んでいた。

シオンは軽く着地して、彼女へ声をかける。

「大丈夫!?　プリムラ！」

「し、シオン……？」

プリムラの目が驚愕に見開かれる。

かすれた声で言葉を続けようとするものの――。

「なんであなたが、こんなとこ……に……」

「プリムラ……!?」

慌てて駆け寄れば、プリムラはシオンの腕の中に倒れ込んでしまった。どうやら気絶してしまったらしい。彼女を担ぎ上げて、シオンは小さく吐息をこぼす。

「どこかで休ませないと……まずはこの場所を離れますね」

【おいおい、汝は正気か？】

ダリオが呆れかえったような声を上げる。

【課題はそのドラゴン三匹のはず。もう残り時間はあとわずかだし、この場にとどまってあと二匹を探すのが効率的だろう。それに、何より――】

そこでダリオは言葉を切る。

今は剣の姿ではあるものの、シオンの脳裏にはプリムラを指し示す師の姿がまざまざと浮かんだ。

【そもそもその女も、汝が無神紋と分かって離れていくような薄情者ではないか。助けてやる必要などあるのか？】

「それはそれ、これはこれですよ。師匠」

【ふん、お人好しめ。汝はそうほざくと思っていたわ】

シオンがあっさりと断言すると、ダリオは鼻を鳴らすようにして笑ってみせた。

嘲るような台詞だが、彼の声はあからさまに弾んでいた。なんだかんだと言いつつも、お人好しの弟子を好ましく思ってくれているらしい。

# 六章　ブルードラゴンを求めて

巨大な岩陰を見つけてプリムラを休ませれば、しばらくして目を覚ました。

腰を落としたまま、深い息をこぼしてシオンの顔を見やる。

「びっくりしたあ……まさかこんなところで会うなんて」

「俺も驚いたよ。ひょっとしてプリムラの課題も、あのドラゴンだったりする？」

「そ、そんなわけないでしょ。あたしのミッションはこれよ」

プリムラは胸元をごそごそと漁《あさ》り、紐で縛った草の束を取り出した。

小ぶりな白い花を咲かせており、爽やかな香りがする。

「冠月草っていう珍しい薬草なの。山の中腹あたりに自生するんだけど、見つけるのはたいへんなんだから」

「山の中腹……？　じゃあなんでこんな山頂にいるんだよ」

「いや、あたしも不思議なんだけどね」

プリムラは腕を組み、首をかしげてみせる。

「採集に夢中になってたら、いつの間にか山頂まで出てきちゃってて。すぐに引き返そうと思ったんだけど、どうしてだか山奥に入り込んじゃったみたいで……本当不思議だわ」

「プリムラ。ひとつ聞きたいけど、街ってどっちの方角かわかる？」

「そんなの簡単よ。あっちでしょ！」

「おもいっきり逆なんだよなあ……」

自信満々にあらぬ方角を指さす彼女を前に、シオンはため息をこぼす。

そういえば彼女、試験会場でも『道に迷って遅れそうになった』と言っていた。筋金入りの方向音痴らしい。苦笑していると、プリムラはキラキラした笑みを浮かべてまっすぐに告げる。

「そんなことより、とにかく本当に助かったわ、ありがとう。シオンは命の恩人よ」

「ど、どういたしまして……」

シオンはそれに笑みを返したが、少々口ごもってしまったのはご愛敬だ。

何しろプリムラもかなりの美少女なのだ。太陽のような笑顔がまぶしい。宝石のような大きな瞳は溢《あふ》れんばかりの好意に満ちていた。そんな美少女から笑顔を向けられて軽くいなせるほど、シオンは経験を積んでいなかった。

ダリオが【やるではないか、色男】と茶々を飛ばしてくるので、ますます顔が赤くなる。

しかしそのプリムラから笑顔が消えた。

彼女はどこか申し訳なさそうに肩を落とし、しゅんと頭を下げてみせる。

「でも、さっきはごめんなさいね。無神紋って知って、よそよそしくしちゃって……」

「へ？　ああ、いいよ別に。気にしてないって」

たしかに先ほどシオンが神紋を持たないと知って、プリムラと距離ができたことを感じた。

とはいえ、正面切って見下されることの方が多いため、あの程度の反応ならむしろ優しい方だ。

プリムラはしょんぼりしたまま続ける。

「あたしの生まれた故郷では、無神紋って『前世で大きな罪を犯した証し』って言われているの。それでちょっと怖くなっちゃったのよね……おまけに初めて見たし……」

「へえ、そんな説があるんだ」

前世がどうとかシオンには一切自覚はないが、そうした俗説があるのなら周囲の目もある程度は仕方ないのかもしれない。

(師匠が言ってた、聖紋教会ってのが流した教義が残っているのかもしれないなあ……)

神紋を崇めていた大昔の宗教団体。ダリオの手によって壊滅したという話だが、現世に亘《わた》ってもその影響が残っているのかもしれない。

そんなことを考えつつもシオンは手をぱたぱた振る。

「慣れてるから気にしなくていいよ。むしろちゃんと謝ってくれただけでも、俺はすっごく嬉しいからさ」

「シオン……」

プリムラは目を潤ませてシオンのことをじっと見つめる。そうしてかぶりを振ってから――さっぱりと笑ってみせた。

「あたし、間違っていたわ。あなたみたいな人が、悪い人なわけないものね。もしシオンさえよかったら……これからも仲良くしてくれると嬉しいんだけど……ダメ？」

「そんなことないよ、大歓迎だよ！　よろしくね、プリムラ」

「うん！」

ふたりは再び握手を交わす。

試験会場でも行った挨拶だが、あのときよりもずっと彼女との距離が近くなったのを感じた。

「仲直りできてよかったわ。まったく、無神紋の噂なんてあてにならないもの……あれ？」

「うん？　どうかした？」

ホッとしたようにため息をこぼしていたプリムラだが、不意にその眉が寄せられる。

そうかと思えばシオンの顔を穴が開くほどに凝視するのだ。

「ちょっと聞きたいんだけど……シオンって無神紋なのよね？　何の才能も持たないっていう」

「ああ、うん。そうだよ。剣も魔法も昔は全然できなくてさ」

「でもあたしの記憶違いじゃなきゃ、シオンってばあのドラゴンを倒しちゃったわよね？」

「そうだけど？」

シオンが軽く答えると、プリムラは絶句する。

目を丸くしたまま彼女はかすれた声をこぼした。

「嘘でしょ、あいつらってこの山の主なのよ……？」

「あ、そうなの？」

「そうなの、って……軽いわねえ。Cランクの冒険者でも手こずるはずの強敵なんだから」

プリムラの話では、あのドラゴンはこの一帯に生息する中では最強と謳われるモンスターらしい。

この山の頂上を棲み処としているものの、ときおり山を下りて荷馬車を襲ったりする。

そのためギルドには常に討伐依頼が出されているものの、並の冒険者では束になっても敵わないため誰も手を出そうとしないという。

そこまで説明してみせて、プリムラはじーっとシオンを凝視する。

その目に浮かぶのはありありとした猜疑の色だ。

「何の才能も持たない人が易々と倒せる相手じゃないわ。ほんとにシオンって神紋を持っていないの？　いえ、そもそもほんとに新米冒険者？　実力を偽って試験を受けに来た熟練とか、そんなのじゃないの？」

「そんなまさか。普通の新米冒険者だよ」

「でも神紋もなしに、どうやってあんな強くなれるっていうのよ」

「それはもちろん、人の何倍も地道に努力したからとしか」

「ええ……努力で強くなるって言ったって限度があるでしょうに」

プリムラはいまいち信じられないのか、眉を寄せて思案顔を作る。

うさんくさい説明だとシオンも理解していたものの、真実を打ち明けるわけにもいかないので曖昧にしておくのが吉だった。

そこでふと思いつくことがあった。

悩み続けるプリムラの顔をのぞき込み、シオンは尋ねる。

「話は変わるけどさ。ひょっとしてプリムラって、さっきのドラゴンに詳しかったりする？」

「えっ？　まあ、多少は詳しいけど……なんで？」

「じゃあ、あいつらの巣も分かったりする？」

「そんなの当然よ、だってあいつらの生息区域はそっくりそのまま立ち入り禁止区域だもの。この辺の人たちはみーんなそこを避けて山を越えたりするんだから」

「ならよかった！」

求めていたとおりの返答に、シオンは相好を崩す。

プリムラの手をもう一度ぎゅっと握って頼み事を告げる。その内容はもちろん――。

「あいつらをあと二匹、倒さなきゃいけないんだ。よかったら、その巣まで案内してくれないかな」

「危険地域って言ったはずなんだけど!?」

プリムラの悲鳴のようなツッコミが岩陰に響き渡った。

そんな彼女の案内により、シオンたちはその場所にやってきた。

針山のような岩が立ち並ぶエリアである。

大小様々な岩が天に向かって伸びており、さながら石でできた森の中に迷い込んでしまったような光景だ。空気も薄くてひどく寒い。

そして中でも特に巨大な岩の真上は平たくなっており、枝などを組み合わせた巣が見える。山道を通る行商人を襲って奪ったのか、高級そうな織物の絨毯《じゅうたん》なども巣材にされてしまっていた。

その巣の中で、青白く輝くドラゴンたちが何匹もくつろいでいるのが見える。

岩陰から巣の様子をうかがいつつ、シオンは軽く片手を上げる。

「道案内ありがとう、プリムラ。それじゃちょっと行ってくるね」

「待って待って!?」

それに、プリムラが悲鳴に近いツッコミを入れた。

シオンの手をぎゅっと握って引き留めながら、ガタガタ震えて言う。

「それって本気で言ってるわけ!?」

「もちろん本気で感謝してるよ。まあ、プリムラってば何度もあらぬ方角とか断崖絶壁に向かおうとしたから肝が冷えたけど……毎回真逆の方角に進もうとするんだ、って気付いてからはそれを頼りにスムーズに来られたしさ」

「うぐっ、ちゃんとまっすぐ目的地に進んでるはずだったのに……って、あたしが言いたいのはそういうことじゃないから！　あいつらを倒すなんて本気で言ってるの!?　見てよ、あれ！　巣の中で一番大きい個体がいるでしょ！」

言われて見れば、一匹だけ周囲の仲間より二回りも大きな個体がいた。

大きな刀傷で右目が潰れ、体中にも大小様々な傷跡がある。しかしその佇まいは雄大であり、相当な実力を秘めているであろうことが一目でわかった。

「あいつは一番長生きの個体で、ドラゴンたちのボスなの。手出しして生き残った冒険者はひとりもいないわ……！　のこのこ出て行くなんて自殺行為よ！」

「そう言われても、あれを三匹倒してこいって言われたからなあ」

シオンは肩をすくめるしかない。

今回のFランク試験に合格するためには、あのドラゴンを計三匹倒す必要がある。

残り時間はあとわずか。それなりに大きい獲物なので、運ぶ時間も考えるとますます猶予がなかった。さくっと倒して、山を下りねばならない。

そう説明するのだが、プリムラはますます顔を青ざめさせるだけだった。

「そんな馬鹿な……Fランク試験の難易度をはるかに逸脱しているわよ！」

「まあ、それだけ俺を合格させたくないんだろうね」

フレイと衝突していたあの試験官――グスタフと言ったか。

彼は相当、無神紋への偏見が強いらしい。無理難題をふっかけてシオンを落とそうとする……それくらいはやりそうだ。

(だったらその企みを、真正面から叩き潰すだけだ)

後押ししてくれたフレイのためにも、そして稽古をつけてくれたダリオのためにも、どんな敵だろうと引くわけにはいかない。

それに、これはあの修行の日々を終えて初めて出くわす強敵――ラギはノーカウントとして――だ。恐怖は薄く、胸が躍る。

「じゃ、行ってくるから。プリムラはここで隠れてて」

「し、シオン!?」

プリムラの手をそっと振りほどき、シオンは岩陰から出て行った。足取りはとても軽い。

くつろいでいたドラゴンたちは、突然の客人の気配を察して首をもたげる。

冷えた空気が張り詰めていく。中でもプリムラがボスと呼んでいた一匹は目を細めてシオンのことをじっと見つめた。

いや、ドラゴンの視線が注がれているのはシオンだけではない。シオンの腰に下がった魔剣、ダリオのことも含んでいた。

普通の人間、普通の剣とは何かが違う……そう、訝《いぶか》しんでいるようだった。

【おお、近くで見るとなおデカいな】

「本当ですね。俺なんてたぶん一口で食われちゃいますよ」

師とともに軽口を叩きつつ、竜の巣から百メートルほど離れた場所で立ち止まる。

そこが境界だと察したからだ。

ドラゴンたちが体を起こし、低い唸《うな》り声を上げはじめた。

「グルウウウ……！」

ひりつくような殺気が迸《ほとばし》り、乾いた風が吹きすさぶ。

一触即発。

シオンは剣の柄に手をかけて——抜くと同時に駆け出した。

「よし！　行きます、師匠！」

【おうとも！　ヘビどもに目に物見せてやれ！】

シオンが駆け出し、それが始まりの合図となった。

ドラゴンたちが一斉に咆哮《ほうこう》を上げる。翼を大きく広げて滑空し、シオンへ向かう。

こちらは剣を抜きつつ呪文を手早く詠唱。

空いた左手をかざし、魔法を解き放つ。

「《ライトニングボルト》！」

空を切り裂いて、幾本もの巨大な雷が落ちてくる。それらはドラゴンたちを打ち据えて、乾いた大地に沈めていった。しかし、それですべてのドラゴンを撃退できたわけではなかった。

地に落ちたのは半数以下。

残りは雷に打たれてよろめきながらも飛行を続けた。ドラゴンたちの喉の奥からシアンブルーの光が瞬き、ビームとなってシオンを襲う。

シオンはそれらを軽いステップでかわしていった。

ビームが直撃した地面は一瞬にして凍り付き、あたりの空気を凍てつかせる。

ちらちらと粉雪の舞い散る中、シオンはドラゴンたちを睨《にら》み付ける。

「それなりに育った個体には、生半可な魔法は効かないか！」

ともかく逃げ回りながらも次の一手を考える。

その間もドラゴンの猛攻は続いた。

ビームだけでなく、翼や尻尾による打撃、大きな顎門《あぎと》による噛み付き、シンプルな体当たり……

それらをシオンは最小限の動きだけで回避していく。

しかし、敵は空を翔るドラゴンだ。

地上を走るだけのシオンとは、比べものにならない機動力を秘めていた。

そのことに遅ればせながらも気付いたのは、ビームを避けて真正面に跳んだとき、頭上から音もなく巨大な影が舞い降りたからだ。

どうやらシオンの回避を読んで仕掛けてきたらしい。

間髪を容《い》れずに、シオンの身長をゆうに凌ぐほどの大顎門が迫り来る。

「うわっ」

さすがのシオンもこれには少し肝を冷やした。

直前に行った回避行動のせいで体勢は不安定。

まさに絶体絶命の瞬間ではあったが……修行で嫌というほど積んだ経験のおかげで、体は正確に動いていた。選んだのは退避ではなく迎撃だ。魔法を唱える暇はない。

「こっ、の……！」

魔剣を握りしめ、ぐらつきながらも一太刀を放つ。

わずかでも傷を負わせることができればドラゴンが怯《ひる》むはず。その隙に体勢を立て直すつもりだった。

しかしシオンのその計画は、次の瞬間に崩れ去る。

「ギャッ――――!?」

「……へっ？」

シオンの放った斬撃が衝撃波と化し、敵を一瞬で切り裂いたからだ。

ドラゴンは短い断末魔を上げて地面に墜ちる。ちょうど胴の真ん中あたりで真っ二つだ。あたりに血飛沫が飛び散って、鼻が曲がりそうなほどひどい臭気が満ちる。

そんな中、シオンは呆然と剣を握った己の手を見下ろした。

「えええ……い、一撃で倒せちゃったんですけど……？」

【何を驚く、シオン】

ダリオは呆れたように唸る。

【汝は我が弟子だぞ。魔法だけでなく、剣も世界最強クラスに決まっているだろうに】

「し、知らなかった……っていうか、今のって師匠が初めて見せてくれた技ですね……」

初めて会ったあの日、ダリオはゴブリンキングを剣圧のみで斬り捨てた。

あれとほとんど同じ技をシオンは使えたことになる。

（この前のラギとの一戦だと、ほとんど剣なんか使わなかったし……師匠としか斬り合ったことなかったから、全然気付かなかったなあ……）

どうやら魔法だけでなく、剣の腕まで人外レベルに成長しているらしい。

ドラゴンを一太刀のもとに斬り捨ててしまったからだろうか。他の仲間たちは低く唸りつつも、シオンから距離を取って攻撃の手を止めていた。

しんと静まりかえった中、ダリオは愉快げに言う。

【ともあれ、ようやく親玉が本気になったようだな】

「……みたいですね」

ドラゴンたちがシオンに猛攻を仕掛ける最中、親玉はじっと巣に留まったままだった。

それが今、ゆっくりと身を起こす。

シオンの力量を、手下たちを使って値踏みしていたらしい。そして、その結果がとうとう出たようだ。相手にとって不足なし、そう判断したらしい。

親玉は仲間の亡骸を一瞥して——。

「グゥルア——ガアアアアアアアア！」

空高く吼《ほ》えた。

その双眸《そうぼう》はシオンのことをしかと捉え、ありったけの害意に満ちていた。

咆哮によってあたりの岩にヒビが生じて砕け散る。

他のドラゴンたちが身を引いて、空いた場所に親玉が降り立った。

かくしてボスとの対決の場が整った。

シオンは意識を切り替える。

(これなら、この親玉にも勝てるかもしれない。いや、なんとしてでも勝つんだ)

魔剣を握り直し、シオンは親玉をまっすぐに見据えて——告げる。

「さっきので二匹目だから……おまえを倒せば三匹クリアだな」

親玉相手に悠長な手は取っていられない。

さっそくシオンは仕掛けることにする。詠唱、そして魔法の解放をものの三秒で済ませた。

「《ミストウォール》！」

その瞬間、シオンを中心として白い霧が発生した。何ということはない。単なる目隠しの魔法であり、攻撃力は皆無である。小手調べにはもってこいだ。

シオンは駆け出し、素早く親玉へと肉薄する。

霧を切り裂くようにして軽く跳躍。有象無象のドラゴンたちの頭上を飛び越えて、親玉の背後に回る。

そして着地するより先に魔剣を振るった。狙うはその首筋、生き物ならばたいていの場合は急所となる箇所である。

「ふっ……！」

狙いは違《たが》えず、タイミングも完璧。

だがしかし、その剣先は――恐るべき硬度をほこる鱗によって弾《はじ》かれてしまった。

「なっ!?」

「グルァッ！」

目をみはった次の瞬間、ドラゴンの尻尾がシオンを襲った。

直撃である。シオンは勢いよく吹っ飛ばされて、大きな岩に叩き付けられる。岩が砕けて破片が舞い、色濃い砂埃がもうもうと上がる。

奇《く》しくもそこは、プリムラが隠れていた岩陰のそばで――。

「し、シオン!?」

プリムラが砂埃をかき分けて、慌てて駆け寄ってくる。

「っ……！」

そうして彼女は砕けた岩の残骸のただ中で、倒れたシオンを見つけ出した。

それを目の当たりにしてハッと息を呑む。しかし次の瞬間、だらんと投げ出されていた腕がぴくりと動き……シオンはあっさりと起き上がってプリムラに苦笑を向ける。

「あ、ごめん。びっくりさせちゃって。プリムラに怪我はない？」

「嘘でしょ!?　あたしは大丈夫だけど……なんで無傷で済んでるわけ!?」

プリムラの驚きももっともだろう。常人なら今ので間違いなく即死だったと、さすがのシオンも理解している。

服はややボロボロになったが、シオンが負ったのは軽い擦過傷ばかりである。

どうやら魔法や剣の腕だけでなく、耐久力も常人離れしているらしい。

口元ににじむ血をぬぐいつつ、シオンは魔剣を見下ろす。

「さすがは親玉だなあ。他みたいに一筋縄じゃいかないか」

【当然だろう。長く生きた個体というのは、それだけ力量を秘めているものだ】

ダリオが鼻を鳴らして相槌を打つ。

しかしすぐにニヤリと笑うようにして続けることには――。

【つまるところ、汝の相手にとって不足なし！　さあ行けほら行け、ぶちかませ！　我が弟子よ！】

「師匠、完全に観客気分ですね？」

もしくは賭場で全財産を突っ込んだチンピラめいていた。

師へツッコミを入れるシオンに、プリムラが怪訝《けげん》な顔をする。

「シオン、今誰かと話してた……？　ひょっとして頭を打ったせいで幻聴とか!?」

「ああ、気にしないで。それよりも――」

「へ？」

そこで言葉を切って、プリムラの手をぐっと引き寄せて後ろに跳ぶ。

その瞬間、彼女が立っていた場所に青白いドームが突き刺さった。広範囲にわたって地面が凍り付き、氷柱が屹立する。

抱き寄せたプリムラの耳元で、シオンはそっと囁《ささや》いた。

「離れて。きみを巻き込みたくはないから」

「わ、わかった……！」

プリムラはこくこくとうなずいて、素早く走り出す。

しかし少し距離を取ったあと、シオンの方を振り返った。気遣わしげな目をしていたものの、その顔にはワクワクしたような笑みが浮かんでいる。

「なんだかよく分かんないけど……それだけメチャクチャなシオンなら、あいつにだって勝てる気がするわ！　頑張って！」

「もちろん！」

その声援が、シオンにさらなる力を与えた。

次の瞬間、またも凍てつく波動が襲い来る。今度はそれを魔剣で弾いた。ちょっとした賭けではあったが、ビームは魔剣の切っ先に触れた瞬間にあらぬ方向へと曲がってしまう。シオンは軽い歓声を上げた。

「おお、さすがは伝説の魔剣！　ビームも斬れるんですね！」

【当然だろう。そいつは我が愛用した剣だぞ】

ダリオが自慢げに笑う。

【それ相応の腕前があれば、形なきものを斬ることも可能だ。おまけに丈夫ときた。そうそう折れることもないゆえ好きに使うがいい。我も昔は相当な無茶をしたからな】

「あっ、そういえば本で読みましたよ。師匠、この剣に土の魔法をまとわせて岩山を切り崩したそうですね。なんでも、崖崩れで孤立した村を助けるために」

【そんなことまで後世に伝わっているのか。いやはや懐かしい。あの村で飲み勝負を挑まれてな。勝負には勝ったんだが、泥酔して朝起きたら山が消えていたんだ】

「美談のままで置いといてほしかったなあ……」

と、そんな話をしている間にも親玉の猛攻は続いていた。

シオンの眼前に轟音とともに降り立って鋭い爪を振り下ろす。それをシオンは剣でいなして、返す刀で斬りかかった。しかし結果は先ほどと同じ。硬質な鱗にわずかな傷を刻むばかりで、ダメージらしいダメージを与えられずにいた。

（強くなったとはいえ……まだまだ修行が必要、ってことかな）

シオンは胸の内で独白する。

とはいえ落胆はまるでなかった。むしろ心が沸き立つ思いだ。

まだ学ぶべきことがあるということは、もっと強くなれるということだ。

ほとんどの者が持つはずの才能を有さなかった自分に、明確な可能性が見えたのだ。

胸が躍らないはずはなかった。ワクワクはそっくりそのまま闘志に変換された。

大きく跳んで距離を取り、素早く呪文を唱える。

「剣が無理なら……《フレイムバースト》！」

「ギアッ!?」

燃えさかる紅蓮の炎が渦と化し、ドラゴンに襲いかかった。苦悶の鳴き声を上げながら、巨体をくねらせもがき苦しむ。

炎は氷を溶かす。その読みはどうやら当たっていたらしい。

しかし決定打には至らなかった。炎はじわじわとドラゴンの身を焼き焦がすものの、抵抗を受けて次第に勢いが弱まっていく。

「これで足りないなら、イチかバチか……！」

シオンはもう一度呪文を唱える。連打のダメ押し、というわけではなかった。別の一手をひらめいたのだ。かざした左手に、新たな炎が渦を巻く。

「炎よ！　剣に宿れ！」

仕上げの呪文はオリジナルだ。炎が剣に吸い込まれ、銀に輝く刀身が紅蓮に染まる。

その瞬間、シオンは地面を蹴りつけて垂直方向に飛び上がる。

躍り出た先は親玉のすぐ目の前だ。

裂帛の気合いとともに放つのは――入魂の一刀。

「っ、やあああ！」

「グルァァァアアアア!?」

炎を伴う斬撃が、ドラゴンの親玉を真っ二つに切り裂いた。

山を揺るがすほどの断末魔がこだまする。

やがて地面にドサッと落ちたその死体は、まるで魚を捌いたかのように二枚におろされていた。

心なしか、焼き魚のようないい匂いが漂ってくる。

そこに至って、ダリオが感心したように唸ってみせた。

【ふむ、魔剣に炎を宿して斬るとはなかなか考えたものだな。我もよく使った手だ】

「ありがとうございます。さっき話した逸話を真似してみました」

かつてダリオは魔剣にあらゆる魔法を付与し、さまざまな立ち回りを行ったという。

剣で岩山を切り崩したという伝説を思い出したため、それに倣ったのだ。

そんな話をしている間に、他のドラゴンたちが一目散に逃げ出してしまっていた。親玉がやられ

たことで、敵わないと踏んだらしい。

ともあれ今回の目的は計三匹の討伐だったため、シオンも端《はな》から見逃すつもりでいた。

人間相手に痛い目を見れば、一般人を襲うこともなくなるだろう。

飛び去っていくドラゴンの群れを見送りながら、シオンはふと眉を寄せる。

「やってから聞くのも何ですが……師匠、今の熱くなかったですか？」

【剣に神経が通っているわけなかろう。なんともないわ】

「よかったあ……」

無我夢中でやってしまったが、ダリオに被害がなくてホッとする。

ともかくこれでノルマクリアだ。剣を鞘に収めて、改めて親玉の亡骸を見るとその実感がじわじわと湧き上がってきた。シオンは小さく吐息をこぼす。

「これでFランク試験突破か……すごいな、こんなところまで来るなんて」

ここは、つい少し前までの自分が、心の底から憧れていた場所だ。

そして今、シオンはそこに立っている。

感慨に浸っていると、明るい声が耳朶《じだ》を叩いた。

「シオン！」

「ああ、プリムラ。無事でよかっ、うわっ!?」

振り返ってすぐに、勢いよく体当たりを受けた。

なんとか踏みとどまるものの、プリムラがシオンの首に腕を回してぎゅうぎゅう抱きついてきたので息が詰まった。真っ赤になるシオンにはお構いなしで、彼女はキラキラした笑顔で言う。

「すごいわ！　まさか本当に主を倒しちゃうなんて！　見ててハラハラしちゃったけど、とにかくすっごい戦いだった！」

「あ、ありがとう……」

その心からの賞賛に、シオンはドギマギとお礼を言うことしかできなくて。

華々しい勝利と、それを祝してくれる女の子……英雄に付きものの二点セットを、顔を赤く染めながら噛みしめるしかなかった。


「また貴様か！」

「す、すみません！」

プリムラとともに試験会場に戻ると、いの一番に怒声が飛んできた。

もちろんグスタフのものである。彼は昼間よりも鋭い目でシオンを睨《ね》め付けて、忌々しそうに眉を寄せた。

グスタフは懐中時計を取り出して舌打ちする。まだ夕日は沈みきっておらず、空には茜色が広がっている。時間の猶予は少しばかり残っていた。

「ふん、ギリギリまで粘ったか。こざかしい奴め」

彼は会場を見渡してから、最後にシオンを睥睨《へいげい》する。

あたりには疲労困憊《こんぱい》といった受験者たちが勢揃いしていた。どうやら、ギリギリで戻ったのはシオンとプリムラのふたりだけらしい。

それゆえシオンは恐縮してしまう。

「本当にすみません……お待たせしてしまって」

「バカを言え。誰が貴様のことなど待つものか」

グスタフは心底不愉快だとばかりに鼻を鳴らす。

そうして顎で示すのは、この場に集まった他の受験者たちだ。

「戻ってきた者から順に、すでに合否判定を下している。今回の者たちは非常に優秀だ。合格率は今のところ百パーセントとなる」

グスタフが示すように、たしかに他の受験者らは誰もが晴れ晴れとした表情を浮かべている。

Fランク試験は冒険者の登竜門だ。それゆえ試験内容は比較的簡易なものとなるのだが、ここまでの合格率は滅多に見られるものではないという。

そうした内容を、グスタフはひどく誇らしげに話して聞かせた。合格者が多いことを心から喜んでいるようだ。

(この人、悪い人かと思ったけど、案外そうでもないのかも……?)

シオンがこっそりと彼のことを見直しかけた折、グスタフは胸を張って高らかに笑う。

「この成績を本部に報告すれば、それすなわち私の手柄になる！　中央への出世がますます近付くというわけだ！」

「は、はあ……」

どうやらただの野心から来るものだったらしい。

他の職員らに交じって様子を見ていたフレイが『やれやれ』とばかりに肩をすくめたのは、おそらくシオンだけでなく、その場にいた大勢が気付いたことだろう。

ともかくグスタフは気を良くしたのか、いくぶん穏やかな顔をしてプリムラを見やる。

「まあいい。それではそちらのお嬢さんから合否判定を下そうではないか」

「いえ、あたしよりシオンを先に見てあげてください」

「そうはいかん。その無神紋は最後に物笑いの種として残して……いや、レディファーストというやつだ」

プリムラはこう言ったが、グスタフは頑として譲らなかった。

「俺は後でいいよ。先にどうぞ」

「そう……？　まあ、シオンの後じゃ、あたしなんか霞んじゃうものね。お先に失礼するわ」

ウィンクひとつ残し、プリムラは肩で風を切るようにしてグスタフのもとまで歩いて行った。

そのタイミングを見計らったのか、フレイがそっと近付いてきて片手を上げる。

「やあ、シオン。試験は無事にクリアできそうか？」

「もちろんばっちりです」

「それは何よりだ。まあ、おまえならやると思っていたがね」

フレイはわずかに相好を崩す。

そんな話をしている間にも、プリムラの審査は進んでいた。

どうやら誰が見ても分かるほどの好成績らしい。成果物を検めていたグスタフは満足げにうなずいてみせる。

「うむ、間違いなく冠月草だな。保存状態も最高。文句なしの合格だ」

「ありがとうございます！」

「さすがは《極彩色》の妹君だ。これからも精進するといい」

「あはは……姉さんに比べたらまだまだです。でも、お褒めいただいて恐縮です！」

比較的穏やかに審査は進む。

しかし周囲の者たちはグスタフとプリムラの話を聞いてざわつき始めた。

「そうか、どこかで見たと思ったら……フェイルノート家の子か」

「すげえ……今後はもっともっと上に行くだろうなあ」

「そりゃそうだろ、なんたってあの人の妹さんなんだからな」

誰もが期待の眼差《まなざ》しをプリムラへと注いでいる。

そんな周りの様子を見て、シオンはこそこそとフレイに問うのだ。

「あの、プリムラのお姉さんって有名人なんですか？」

「そうだな、西の国では特に。シオンもいつか出会うかもしれないいな」

「フレイさんも会ったことがあるんです？」

「もちろん。一度か二度、顔を合わせた程度だがな。なかなか高潔な人物で――」

フレイは苦笑しつつもプリムラの姉について語り始める。

しかし、それを最後まで聞くことは叶わなかった。

「お、遅くなってすみません！」

切羽詰まったような声が背後から上がったのだ。

その場の全員で振り返れば、大きな麻袋を担いだ青年が慌てて走ってくるのが見えた。

彼は息を切らして他の受験者たちの間をかき分け、グスタフの前までたどり着く。

荷物をどさっと下ろしてから、高らかに叫んだ。

「じゅ、受験番号五十二番、ゲイル……ただいま戻りました！」

「ふむ。貴様で最後だ。そして……」

グスタフがちらりと街の方へ目をやる。

すると、そこでちょうど鐘の音が鳴り響いた。

「悪運の強い奴め。時間ギリギリだぞ」

「ほ、本当に申し訳ありません……少々難易度の高い課題だったもので手こずりまして……」

「ほう、その口ぶりでは達成したようだな。どれ、成果を見せてみるといい」

「はい！」

グスタフの横柄な台詞《せりふ》にもかまわず、青年は潑剌《はつらつ》と答えてみせた。

審査が終わったのでプリムラがこちらに戻ってくる。無事に合格したというのに、口を尖らせて心底腹立たしげだ。

「次はシオンの番のはずなのに。順番飛ばしなんてひどいわ」

「あはは……ここまで分かりやすく邪険にされるといっそ清々《すがすが》しいよ」

しかしその苦々しい笑みが一発で消え去る事態が起こる。

受験者の青年が麻袋を開いて――得意げな顔で言い放ったからだ。

「どうぞ、ブルードラゴンです！」

「……へ？」

彼がブルードラゴンと呼んで、袋から取り出した獲物。

それは紛れもなく、シオンが山に入ってすぐに出遭った、羽をむしられたニワトリに似た雑魚モンスターだったのだ。

「ブルードラゴンだって!?」

受験者たちが一斉にどよめいた。

グスタフもまた顎を撫《な》でて「ほう」と感心したように唸ってみせる。

「ブルードラゴンか。動きが素早く、そのかぎ爪から繰り出される連撃は熾烈そのもの。ルーキーにとっては最初の難関となるモンスターだな」

「はい。俺もひとりで倒せたのは初めてです」

青年も誇らしげに笑う。

そんな彼へと、他の受験者やギルドの職員などが惜しげもなく賞賛の眼差しを向けた。

「マジかよ、俺があの課題になってたら合格できた気がしねえわ……」

「やるじゃない！　同期として誇りに思うわ！」

「あ、ありがとうございます！」

青年は彼らへと一礼し、わっと喝采が起こる。

試験会場があたたかな空気に包まれた一方で――。

「…………」

【…………】

シオンだけでなく、ダリオも口をつぐんだまま凍り付いていた。

魔剣のダリオはともかくとして、シオンは顔面蒼白だ。

「ブルードラゴン……あれ、が……？」

「ああ、このあたりでは手強い方だな」

隣のフレイが感慨深げに補足してくれる。

彼もあのモンスターについてはよく知っているらしい。

「Fランク試験の課題はランダムだが、まさかあれを引いてクリアできる者がいるとはな。いや、今年はやはり豊作のようだ。シオンもうかうかしていられないぞ」

「いやいやいや同期が優秀みたいで俺も嬉しいですけど!?」

シオンはうろたえながらも、ビシッとブルードラゴンを指してみせる。

「全然ドラゴンっぽくないし、青くもないじゃないですか！　なんでブルードラゴンなんて名前なんです!?」

「あいつは血液の色が目の覚めるような青色でな。そこから名付けられたらしい」

「もうちょっと外見で分かる名前を付けてくださいよ!?」

「いや、私が名付けたわけではないしなあ」

「どうかしたの、シオン。おなかでも痛いの？」

プリムラが不思議そうに首をかしげるものの、シオンは頭を抱えることしかできなかった。

この展開はマズい。非常にマズい。

(嘘だろ!?　あれがブルードラゴンなら……俺が倒してきたのってなんなんだよ!?)

【どうやら『人違い』ならぬ『魔物違い』だったようだな……】

(や、やっちゃったああああああ!?)

つまりシオンは試験の内容にまったく関係のないモンスターを倒してきてしまったことになる。

ダリオも珍しく気まずそうにしているし……瞬く間に顔から血の気が引いていくのが分かった。

しかし現実は非情なもので。

打ちひしがれるシオンに、グスタフの怒声が飛ばされる。

「さあ！　おまえで最後だ！　無神紋！」

「っ……！」

その声に応じ、全員の注目がシオンに集まった。

赤獅子ことフレイが直々に推薦する無才――矛盾をはらんだシオンの実力を、誰もが気にかけていたことは明白だった。

だがしかし、グスタフだけは違う。

下卑た嘲笑を隠そうともせず、シオンを笑いものにできる瞬間を、今か今かと待ち構えている。

そのついでにフレイの顔に泥を塗れるのだから、それはそれは楽しみなことだろう。

（マズい……！　どうする……!?）

シオンは必死になって考える。

しかしもう一度山に入って本当のブルードラゴンを倒してきたとしても、すでにタイムリミットは過ぎており……名案などひとつたりとも浮かばなかった。

「さあさあ、シオンの番よ！　あっと驚かせてやりなさい！」

「ちょ、ちょっと待って……!?」

その上、プリムラに背中を押されてしまえば、衆目の前に立つほかなくなってしまう。もはや打つ手はゼロだった。

グスタフはニヤニヤと笑いながらシオンを促す。

「この試験は冒険者の登竜門。無才の者が突破できるほど、生半可なものではない。おまけにたしか貴様の試験内容は……」

そこで懐から一枚の紙を取り出して、わざとらしく読み上げる。

「なんと、貴様の課題もブルードラゴン、しかも三匹とは。Fランクどころか、Eランク相当の難易度だな」

端からシオンには無理だと言いたげな口ぶりだ。

彼は穏やかな声色で問う。

「どうだ、無神紋。この課題はクリアできたか？」

「…………です」

ブルードラゴン一匹なら、山に入ってすぐ倒した。

だがしかし、そのあとすぐに逃がしてしまったために証拠は何もない。

倒した獲物はまったく異なる魔物らしいし、それを提示しても無意味だろう。

それゆえシオンは深くうつむいて、次の言葉を口にするしかなかった。

「ブルードラゴンは……倒せていません」

「くっ、ぐぶぶ……！」

グスタフが痙攣《けいれん》したように肩を震わせる。

汚泥が泡立つような水音を喉の奥からこぼし、やがてつばを飛ばして哄笑を上げた。

「ははは！　これはお笑い種だ！　フレイどのが目をかけるからどんなものかと思えば……やはり無能は無能だというわけだな！　赤獅子の目は相当曇っておられるようだ！」

「……」

安い挑発を受けながらも、フレイはただじっとシオンを見つめるだけだった。

その目には失望や落胆といったものは一切浮かんでおらず――むしろ『何か理由があったのか』と気遣うようなものだった。

それがかえってシオンの心に突き刺さる。信じて背中を押してくれた彼の期待を裏切ってしまったのは事実だからだ。

ほかの受験者たちもざわつき始める。

「おいおい、赤獅子の推薦って話はどうしたんだよ」

「いやでも、ブルードラゴン三匹なんて俺たちでも無理な課題だろ……」

「どうやっても合格させるつもりはないってことか……なんか、それはそれで胸くそ悪いなあ」

彼らは憐憫《れんびん》の眼差しをシオンに向けてくる。

シオンはただ拳を握って、息を殺すことしかできなかった。

（くそっ……せっかく強くなれたっていうのに、俺は先へ進めないのか！）

【シオン……】

ダリオが言葉を詰まらせる。

その場の空気はひどく冷ややかなものとなり、それが澱《おり》のようにシオンにまとわりつく。強く握った指先の感覚がなくなっていった。無力感が絶望と化し始める。

しかし、その空気が一変することになる。

「えっ、シオンの試験課題ってブルードラゴンだったの!?」

そのきっかけになったのは、場を切り裂くように放たれたプリムラの声だった。

彼女は目を丸くしたまま、続けて叫ぶ。

「だったらなんで神竜なんて倒したわけ!?」

「「は……!?」」

その場の全員が一斉に言葉を失った。

ざわつく場をよそに、シオンは肩を落としてうなだれるしかない。

「それが、ブルードラゴンってどんな魔物だか知らなくってさ……青かったから、てっきりあいつがそうなのかと」

「だから神竜を倒したの!?　しかも三匹も！」

「へえ、あいつら神竜っていう名前なんだ。やっぱりプリムラは物知りだね」

「正しくは神竜族のひとつなんだけど……って、そんなことはどうでもいいから！　勘違いであんな偉業を成し遂げたの!?　嘘でしょ!?」

「大げさだなあ……あいつらそこそこ強かったけど、そこまで言うほどじゃないと思うよ？」

慌てふためくプリムラに、シオンは苦笑を返すしかない。

そう、そこそこ強かったが――そこそこでしかない。

（めちゃくちゃ強いっていうのは……あんなドラゴンたちじゃなく、師匠みたいなのを言うもんなあ）

基準が世界最強レベルのシオンにとって、あの程度はちょっと歯ごたえのあるモンスターに過ぎなかった。勝てて嬉しかったのは確かだが、感想としては『いい運動になったなあ』くらいのものである。

「ふっ……がははははは！」

「は、はい？」

そこで割れんばかりの哄笑が上がった。

もちろん笑い声の主はグスタフだ。

彼は腹を抱えて目尻に涙をためて、ひいひい悲鳴のような呼吸音をこぼして笑い転げる。

「し、神竜とはあれか……？　山頂に棲まう、あのセイランミズチのことか……？」

「あ、いや、名前は知らなかったんですけど……たぶんそれですかね。青色で、蛇みたいな形の

――」

「ふっ、ふはははは！　笑わせてくれるわ！」

シオンの台詞を遮ってグスタフはなおも笑い続ける。

びしっとシオンの鼻先に人差し指を突きつけて、つばを飛ばして並べ立てることには――。

「あの神竜は、Cランクの者ですら苦戦する難敵！　それをよりにもよって無神紋の貴様が倒しただと……？　バカも休み休み言え！」

「そう言われても、本当に倒しましたし……」

「そ、そうですよ！」

シオンが頬をかいてぼやくと、プリムラも声を上げてくれる。

「シオンは本当にあの神竜を倒したんです！　しかも三匹も！　あたしが全部この目で見ました！」

「ふん、《極彩色》の射手の妹ともあろう者までそんなデタラメを抜かすとは。何があったかは知らんが、無神紋に肩入れするなど正気の沙汰とは思えんな」

「えええっ!?　あたしもシオンも、嘘なんか言ってません！」

プリムラは必死になって食い下がるが、グスタフはまるで耳を貸そうとはしなかった。

おかげでシオンはムッとするのだ。自分の話を信じてくれないから――ではない。

（……俺が笑われるのは別にいいけど、プリムラまでバカにされるのは気に食わないな）

ダリオも気分を害したらしく、ふんっと鼻を鳴らしてみせる。

【まったく、グダグダとやかましい男だな。そこまで言うのなら証拠を突きつけて黙らせてやるといい】

「あ、それもそうですね」

「はあ……？」

シオンが脈絡もなしにぽんっと手を叩いたせいで、グスタフは怪訝そうに眉を寄せた。

そんな彼にはおかまいなしで、シオンはきびすを返して山へと向かう。

「それじゃ、ここに全部持ってきます。この試験会場ってけっこう狭いし、さすがに邪魔かなあと思って今も山に置いてあるんですよね」

「お、置いてある、だと……？　いったい何の話だ？」

「ちょっと待っててくださいね！」

戸惑うグスタフにもかまうことなく、シオンはもう一度山へと入った。

まっすぐ山頂まで駆け上り、荷物を担いで山を下る。目的地が決まりきっていたため、わずか一分ほどで完走できた。

「お待たせしました！」

試験会場の中央に、巨大な荷物をドスンとトろす。

もちろん、先ほど倒した神竜三匹だ。

竜の死体を積み上げれば、焦げた魚のような匂いがあたり一帯に充満する。

シオンはグスタフに向かってハキハキと告げた。

「どうぞ、これが証拠です。プリムラは嘘なんかついていません」

「まあでも、ブルードラゴンじゃないから、俺の試験結果には何の関係もないんですけど……えっ、あれ……？」

「「「…………」」」

ため息をこぼしてぼやくシオンだったが、ふと周囲の様子がおかしいことに気付く。

その場の全員が全員、目を見開いたままフリーズしていたからだ。

そこにはもちろん、あのグスタフも、おまけにフレイまでもが含まれていた。

凍り付いた場で、唯一プリムラだけが肩をすくめて笑う。

「ほら、これが普通の反応なんだってば。シオンは自分がおかしいことを自覚しないと」

「そう言われても、ほんとにこのドラゴンたちあんまり強くなかったしなあ」

「いやはや、あのステータスなら当然の結果なのだろうが……さすがの私も驚くしかないな」

やや落ち着きを取り戻したのか、フレイも苦笑いを浮かべて神竜の山を見上げてみせる。

そして、それが場の空気を変えるきっかけとなった。

ほかの冒険者たちが再びざわつき始める。ある者は顔を青ざめさせて、ある者は眉を寄せて、ある者はワクワクしたような笑みを浮かべて——。

「お、おい……あいつ、マジで神竜を倒したのか？」

「そんな馬鹿な……神竜っていえば、モンスターの中でも最強クラスだぞ。無神紋が勝てるわけねえだろ」

「でもあいつ、あんなでっけードラゴンを担いできたぞ。あんなの普通の無神紋にできると思うか？」

「それじゃあやっぱりあいつが……？」

「す、すげえ……！　さすがは赤獅子だ！　あんな逸材を見つけてくるなんて……！」

半信半疑の者も多いが、誰もが目の前で起こっている事態に興奮しているようだった。

しかし、グスタフの一声がその騒ぎを切り裂いた。

「そ、そんな話、信じられるはずがないだろう！」

彼の顔からは、嘲るような笑みが消えていた。

かわりに浮かぶのは怒髪天をつくような憤怒の形相だ。血走った目でシオンを睨み付けながら、彼は吠える。

「おおかた同士討ちでくたばった個体を持ってきただけなのだろう！　貴様が倒したという証拠はない！　もしくは赤獅子が裏で手を回したか！　卑劣なり！」

「ああ、なるほど。そういう見方もありますね」

「納得するんじゃないわよシオン！　あなたが倒したって証明しないと！」

「いやでも的確なツッコミだなあと思って」

たしかにグスタフが言うように、死体だけならどうとでも用意できるだろう。

果たしてそんなことをする必要があるのかどうか、という点を抜きにしても。

フレイも肩をすくめてグスタフへ渋い顔を向ける。

「私が手を回すのなら、そもそも最初からシオンの試験課題である、本物のブルードラゴンを用意するがね。神竜などわざわざ持ってこさせて何になるというんだ。パフォーマンスにしたって脈絡がなさすぎるだろうに」

「やかましい！」

まっとうなツッコミを意に介することもなく、グスタフはますますヒートアップしていく。

上着を脱ぎ捨てて右手をかざせば、そこに緑に輝く神紋が現れ、土中から鋭い根っこがいくつも生え伸びた。植物を操ることができる緑神紋の持ち主らしい。

「私もかつてはDランクまで上り詰めた冒険者だ。赤獅子の卑劣な策、今ここで貴様ごと叩き潰してやろうぞ！」

「えええ……俺と戦うっていうんですか？」

シオンは呆れる他ないのだが、グスタフの殺気は本物だ。

中年太りで衰えた体形ではあるものの、たしかにそこそこの実力があるらしい。

とはいえシオンの敵ではないだろう。ダリオも小馬鹿にしたような哄笑を上げる。

【わはは、バカがわざわざ死にに来たぞ。さあシオン、丁重にもてなしてやれ】

（うーん……いやでも、無駄な戦いは避けた方が……って、あれ？）

そこでシオンはふと気付く。

こちらにずかずかと近付いてくるグスタフを、片手の平をかざして制止するのだが――。

「あっ、グスタフさん。それ以上動かないでください。危ないですよ」

「ふんっ、小癪なことを！　何が危険だ！」

グスタフは気にせず足を進める。

一歩、二歩、三歩と距離を詰めた、その瞬間――彼の頭上に、巨大な影が差した。

「へっ……うぎゃっあああっ!?」

積み重ねられていたドラゴンの尾が動き、グスタフを彼の操る根っこごと叩き潰した。

「グルァ、ァ…………ァ……！」

大量の血を滴らせながら、ゆっくりとドラゴンがかまくびをもたげる。

シオンが一刀両断にしたはずの親玉だ。

真っ二つになった体の断面からは菌糸のようなものが伸びており、肉体が修復されていくのが分かる。焼け焦げた鱗が剝がれ落ち、銀に輝く真新しい鱗が現れる。

「ひっ……！　ふ、復活したあ！」

誰かが叫び、場の緊張が一気に高まる。

この場にいるのは、ほとんどがFランク試験に合格したばかりの新米だ。神竜の見た目の異様さも合わさって、全員が全員真っ青な顔で逃げ出そうとする。

だがしかし――そこに疾風が駆け抜けた。

「ごめん、半端に苦しませたね」

シオンである。

瞬時に剣を抜き放ち、魔炎を宿してドラゴンを切り裂いた。先ほどの一戦で、すでにコツは摑んでいた。刹那に容赦なく幾重もの斬撃を浴びせかける。

「ッ、…………！」

今度の断末魔はひどく掠れたものだった。

ドラゴンの体は細切れとなり、辺り一帯にばらまかれる。剣先に付いた血を軽く払って、シオンはため息をこぼすのだ。

「びっくりしたあ。まさかあの状態から起き上がってくるなんて思わなかったよ」

「まあ、神竜って生命力も強いからね……それを倒しちゃうシオンもどうかしてるんだけど」

「いやはや、さすがとしか言いようがないな」

プリムラがやや引き気味に笑い、フレイは若干慣れたのか軽く唸る。

おかげで場もしーんとしてしまう。逃げようとしていた全員がシオンの手際を目撃したらしく、誰もが目を丸くしたまま固まっていた。

ひとまずシオンは倒れたグスタフを助け起こそうと手を伸ばす。

「すみません、お騒がせしました。もう大丈夫ですよ」

「………………」

「あれ？　もしもーし、グスタフさん？」

ゆすっても呼びかけても、グスタフが起き上がる気配はなかった。

どうやら昏倒してしまったらしい。ひとまず軽く回復魔法をかけて、あとはギルドの他の職員に任せることにした。

「あっ、ほかの皆さんもお怪我なんかは……あ、皆さん？」

そこで居合わせた一同を振り返り、シオンは目を白黒させてしまう。

居並ぶ冒険者が、みな真顔で黙り込んだままこちらをじっと見つめていたからだ。

凝視に近い視線をいくつも浴びて、シオンはおもわず後ずさる。

（あっ、まずい……ラギとの一戦の後と同じ空気だ……）

無能で知られていたシオンがラギに勝利したあと、周囲の目は一変した。

それは好奇と畏怖の眼差しだった。

目の前で神竜を倒したシオンに彼らが向けるのは、きっと同じものだろう。

しかし、そこから先の展開は予想とまるで違っていて――。

「「「う……うおおおおおお！」」」

「うわっ!?」

試験会場に、割れんばかりの歓声が轟いたのだ。

あっという間にシオンは彼らに取り囲まれる。一瞬警戒してびくりと身をすくめてしまうが、誰も彼もが満面の笑みを浮かべていた。シオンの肩や背を親しみのこもった手でばしばしと叩いていく。

「すげえ！　マジで強いじゃねえかよ、おまえ！」

「無神紋なのにあの神竜を倒すとか……やるじゃねえか！　見くびっちまって悪かったな！」

「しかもあのハゲ野郎をボコるとは見上げたもんだ！」

「ああ！　あいつ前から気に入らねえと思ってたんだよ！　お飾りの副支部長だっつーのに偉そうにしやがって！」

「おかげでスッキリさせてもらったぜ！　ありがとな！」

「いやあの、グスタフさんを倒したのは俺じゃないんですけど……」

みながみな、満面の笑みでシオンに賞賛を贈る。

そこには負の感情が一切含まれているようには見えなくて……シオンは一同の顔を見回しておずおずと問う。

「みなさんはその……驚いたりしないんですか？」

「いやまあ、驚きはしたけどな」

「あそこまで格が違うともう笑うしかないっつーか。なあ？」

「そうそう。あんな無茶苦茶なことしでかすやつが俺らの同期なんて誇らしいよ。俺らも負けてられねえよな」

「……ありがとうございます、みなさん」

シオンは彼らに頭を下げる。

こんなに大勢の人々に笑顔で祝福されたのなんて……生まれて初めてのことだった。

（すごいな、昔じゃ考えられないや……それもこれも、師匠のおかげです）

シオンはこっそりとダリオに笑いかけるのだが――。

【バカを言え。我の手柄のはずがあるか】

しかし、ダリオはふんっと鼻を鳴らしてみせた。

言い含めるようにして続けることには――。

【我は単に道を示しただけに過ぎぬ。ここまで来たのは汝自身の力だ。ゆえに誇れ。胸を張れ。ダリオ・カンパネラの弟子として恥じぬようにな！】

（……はい！）

シオンは剣の柄を握り、もう一度笑みを向けた。

初めての勝利が胸にしみる。

しかし、その喜びも長くは続かなかった。

「よし！　このまま全員で飲みに行くぞ！　合格祝いだ！」

「おおおお！」

「うっ……ご、合格祝いですか」

一同が歓声を上げて、打ち上げへ向かおうとしたからだ。

なんだか紆余曲折あったものの、シオンは結局自分の試験課題をクリアできずに終わっていた。

そのため、この場で唯一の不合格者である。

その事実を思い出して、ずーんと沈み込んでしまう。

だから街へ向かおうとする彼らの背中に、シオンはか細い声で告げるのだが――。

「すみません、俺は試験に合格できなかったし……合格祝いは遠慮しておきます」

「はあ？」

それを聞いた一同がぴたりと足を止めて振り返る。

全員の顔に浮かんでいるのはこの上もない渋面だ。

水を差す形になった。恐縮するシオンに彼らはずんずんと近付いてきて――がしっとその肩を摑んでみせた。

「おまえみたいな規格外がFランクになれなきゃ俺らは何なんだよ。一生かかったって合格なんかできねーよ！」

「そうだそうだ！　よし、打ち上げの前にみんなでこれからギルドに直談判に行くぞ！」

「おおおおおおおお！」

「えっ、ちょっ、みなさん!?」

慌てるシオンをよそに、その場の面々は先ほど以上に盛り上がりはじめる。

プリムラもフレイもにこやかにシオンの肩を叩いてみせた。

「いいじゃない、シオン。あたしも付き合うわ。こんなに強い人が不合格なんておかしいもの」

「うむ。支部長に直に話を付けるというのなら私もよろこんで協力しよう。久々にあいつの顔を見ておきたいしな」

【くくく、ここに来て味方が大量だな。よかったではないか、シオン】

「いやいや!?　そんな抗議したからって合格できるわけないじゃないですか！　公的な試験なんですよ!?」

大声でツッコミを叫んだものの、シオンは大勢に抱えられるようにしてギルドまで連行された。

そして――。

「え、マジ？　そんだけ強いなら、実質Aランクくらいじゃん。そんなら今回は合格ってことにしといてあげるね～」

「いいんだ……」

話を聞いたギルドの支部長というのが、やたらと軽く了承してくれて、シオンは無事にFランクへと昇格することとなった。

本当にいいのかなあ……と思いつつも。

# 七章　波乱の予感と師の正体

日が暮れて、しばらく経ったころ。

デトワールの街――その中心部に位置する大きな酒場で、シオンはぺこりと頭を下げていた。

「それじゃ、今日はお誘いいただきまして本当にありがとうございました！」

「おう！　また今度な、シオン！」

そんなシオンに、同じ場に居合わせた面々は笑顔で手を振ってくれた。

Ｆランク試験合格祝いの宴会は大盛り上がりとなり、ほとんどの者たちはまだ残るらしい。

しかしシオンは宴もたけなわというタイミングで席を外すことを決めた。

扉を開けて一歩外に出ると、夜だというのにまばゆい光が迎えてくれる。

さすが大きな街なだけあってか、空が暗くなる時間帯になっても出歩く人の姿が多く見られた。

等間隔に並ぶ街灯はひとつ残らず灯《とも》されており、様々な店を照らし出している。

外に出て、あらためてシオンは嘆息する。

「ふう……こんなに楽しい宴会、初めてだったなあ」

まだ見ぬ冒険に憧れる同胞たちと、飲んで食べて大いに騒ぐ。

前の町ではよく見かけた光景に自分が交じれるなんて、本当に夢みたいだった。

ぼんやりするシオンに、ダリオがくつくつと笑う。

【何を言う、汝は一滴も飲んでおらぬではないか。酒宴の醍醐味は酒だろう、酒】

「俺は未成年なんです。それは先の楽しみにとっておきますよ」

【ほう、では成人した暁には我と酌み交わすか。せいぜい上等な酒を用意するがいい】

「師匠、酒なんて飲めるんです……？」

酒樽にこの魔剣をぶっ刺せばいいのだろうか。かなりシュールな宴会になりそうだった。

そんなことをコソコソと話しつつ、大通りを歩き出そうとする。

しかし、そこで背後から声がかかった。

「待って、シオン！」

「あっ、プリムラ」

見れば酒場の扉を開けて、プリムラが出てくるところだった。

駆け足でシオンに追いついてにっこりと笑う。

「本当に、今日は助けてくれてありがとうね、シオン。この恩は一生忘れないわ」

「大げさだなあ……別にいいって」

「あら、そういうわけにはいかないわ。うちの姉さんもよく言ってるもの。『冒険者たる者、やられたらとことんやり返しなさい』って！」

「それは完全に報復的な意味だよね!?」

どうやらかなり物騒なお姉さんらしい。

ツッコミを入れたシオンに、プリムラはくすくすと笑った。しかし、そうかと思えば彼女はそっと目線を外し、指先をすりあわせながらもじもじと言う。

「だ、だからね、その……シオンさえよければ、この後どう……？」

「へ？」

「この近くに、夜も開いてる美味しいケーキ屋さんがあるの。今日のお礼にご馳走したいんだけど……ダメ？」

プリムラはほんの少しだけ首をかしげて上目遣いで問いかける。

おかげでシオンは一気に顔が赤くなってしまった。

（こ、これってひょっとしてデートのお誘いなんじゃ……！）

ごくりと喉を鳴らす。女子からこんな誘いを受けるなんて初めてだ。

だがしかし、シオンはゆっくりと首を横に振った。

「ご、ごめん……これから人と待ち合わせしてるんだ」

「むう……そうなんだ。じゃあ仕方ないわね」

プリムラはため息をこぼしてから、すっと目を細めてシオンを見つめてくる。

「その待ち合わせ相手って……ひょっとして女の子？　デートだったりする？」

「で、デート!? 違うって！ たしかに相手は女の子だけど、ただの友達っていうか、なんていうか……」

シオンはますます顔を赤くさせて、しどろもどろで否定する。

待ち合わせの相手というのは、もちろんレティシアだ。今夜の宿をシオンの分まで取ってくれる約束で、そこで明日以降のことを話し合う予定だった。

(だからデートとは呼べないんだけど……い、意識しちゃうなあ……)

ドギマギするシオンに、ダリオが【青いなあ】なんて野次を飛ばすが、聞かなかったことにする。

プリムラはなおもじーっと熱い視線を向けていたが、やがてにんまりと笑みを浮かべてみせた。

「その子とデートじゃないなら……あたしにもチャンスはあるってことよね？」

「チャンスって……？」

「あら、あたしは狙った獲物は絶対逃がさないんだから。今度腕前を見せてあげるわ」

そう言って、プリムラは背負った大きな弓を示してみせた。

(腕前ってどっちのことだろ……単純に狩りのことなのか、それとも恋愛戦か……どっちもかなあ……)

シオンは戸惑うしかないが、プリムラはさっぱりと笑う。

「それじゃ、その子にも悪いし今日のところは諦めるわ。あたしは姉さんのパーティと一緒に、半年くらい前にこっちに来たんだけど……まだしばらくはここを拠点にするはずなの。シオンもそのつもり？」

「あ、うん。当分はここでギルドの依頼を受けたりするかなあ」

元の町ではすっかりバケモノ扱いだったし、新天地で心機一転である。

ちなみに元の町のギルド支部長であるフレイは、この街の支部長と積もる話があるとかで、試験後に別れていた。

『何か困ったことがあれば、いつでもギルドを通じて連絡してくれ。おまえのためなら、どんな仕事だろうと放り出して駆けつけるからな』

『お、お仕事優先でお願いします……』

冗談めかして言ってはいたものの、あれは完全に本気の目だった。

そんなことをぼんやり考えていると、プリムラはなぜか安堵したように柔らかく笑う。

「それならいいわ。こっちの方が安全だものね」

「安全って、なにが？」

「ほら、シオンの元いた地方は半年前にあの事件があったじゃない。例の悪霧事件」

「ああ……そういえばそんな事件もあったね」

悪霧事件。

それは謎に包まれた怪事件の通り名だ。

ある夜、ひとつの小さな村が濃霧に覆われ、住民が全員その一晩の記憶を失ってしまった。

それだけなら、誰かが魔法を暴発させてしまった事故として片付けられたかもしれない。

だがしかし、ことはそれだけで収まらなかった。

事件後、記憶を失った住人たちはしばらくの間、神紋の力を使えなくなるという奇妙な後遺症に悩まされたのだ。

神紋の力を封じる術というのは存在する。

だがしかし、こんな短時間かつ大人数ともなると既存のどんな技術でも不可能で……さまざまな有識者が調査に当たったものの、犯人の正体も、用いた技術の詳細も、依然として闇の中。

しかもその村は、シオンが元々いた町からそれほど離れてはいなかった。

おかげで当時はかなり騒がれて、冒険者だけでなく一般市民も戦々恐々とした。

神紋の力というのは日常生活に根付いていて、それが一時的とはいえ失われるとなると困る人が大勢いたからだ。

【ふむ……？】

そんな話を聞いて、ダリオが訝しげな声を上げる。

だが、シオンはあっけらかんと笑った。

「大丈夫だって。あのときは確かにみんな大騒ぎだったけど、あれから何も変わったことはないし」

事件が起きたのはあの一回きり。

そのため次第に人々の口にも上らなくなったし、シオンも今の今まで忘れていたくらいだ。

被害を受けた村民たちも、今では何の後遺症もなく暮らしているという。

だが、プリムラの顔色は優れなかった。

やや声のトーンを抑えて彼女は続ける。

「……ここだけの話よ。あの事件の後、そっちの地方では似たような症状を訴える人が何人も出たの。記憶を失って、神紋の力を使えなくなるっていう人が」

「俺もそんな噂を聞いたことあるけど……でも、ただの噂だよね？」

「ところが、実際に姉さんの知り合いも被害に遭っているのよ」

「えっ？」

シオンが目を瞬かせると、プリムラは頬をかいてぼやく。

「あまり素行の良くない人らしいし、何かに首を突っ込んだんだろうって言われてるけど……そんな事件が、この半年で十件くらいは起こっているんだから」

「そ、そんなに……？　全然聞いたことなかったけど」

「一部の人しか知らないわ。パニックになるからって、今はまだ箝口令が敷かれているのよ」

はばかるようにして、道行く人たちをちらりと見やる。

そのまま真剣な表情でシオンの顔をのぞき込んだ。

「シオンは神紋を持たないから、被害はないかもしれないけど……その、これから待ち合わせする子にもきちんと教えてあげて。用心するに越したことはないから」

「うん、わかった。親切にありがとう」

「ううん。恩返しの一環よ」

プリムラはにっこりと笑って、シオンとは逆方向に歩き出す。

「それじゃあまたね、シオン！　今度こそはあたしとデートしてもらうんだから！」

「ええっ!?　デートって……本気で!?」

慌てふためくシオンをよそに、プリムラはそのまま雑踏の向こうに消えてしまった。

おかげでシオンは人混みの中でため息をこぼすしかない。

(女の子とデートなんかしたことないぞ……!?　いや、そもそも俺はレティシアのことが好きなんであって……！)

好きな子と、まっすぐ好意を寄せてくる子。

シオンは両者の間でぐらぐらと揺れてしまう。

しかし、そこでふとおかしなことに気付いた。こういうとき真っ先にからかってくるはずのダリオが無言でいたからだ。

「あれ、師匠？　どうかしましたか？」

【…………む？】

話しかけると、少し遅れてダリオが返事をした。

しかしその声はどこか心ここにあらずといったトーンで、シオンは胸がざわついた。

今日の昼間、師が凄惨な昔話を語ったときと似たような声色だったからだ。

「何か気になることでもあったんですか、師匠」

【ああ、いや。なんでもない。先の悪霧事件……すこし引っかかることがあってな】

「引っかかること？」

【……今はいい。また機会があれば話してやろう】

それっきり、ダリオは黙り込んでしまう。

シオンが首をかしげても何の反応も示さなかった。

（なんだろ……でも、ここで無理に聞いても悪いしな……）

なんとなく、昼間聞かされた話に近いものだと予感があった。

しかし師が口をつぐんだ以上、無理に話をせがむのもためらわれる。

（せめて元気を出してもらいたいけど……あっ）

きょろきょろとあたりを見回して、シオンはハッとする。

街灯に照らされた、とある店が目に入ったのだ。幸いにしてまだ待ち合わせの時間までは余裕がある。

「あの、師匠。ちょっと寄り道しますね」

【好きにしろ】

ダリオはぶっきらぼうにそう言って、また物思いに沈んでいった。

それが好機だった。シオンはさっと本屋に滑り込み、目当てのものを購入する。

神竜三匹を倒した報酬がギルドから出たので、財布にはけっこう余裕があった。

商品の入った紙袋を抱え、シオンはレティシアとの待ち合わせ場所へと向かう。

街にいくつも伸びる大通り――それが交差する広場だ。中央には大きな時計台があり、街灯だけでなく魔法の光があちこちに灯されて、真昼のように明るい。

そのせいかさまざまな屋台が出ており、人が大勢集まっていた。大道芸人が打ち鳴らす楽器の音色が、夜空のもとで響き渡る。

そんな広場をシオンはぐるりと見回す。

(うん。レティシアはまだ来てないみたいだな)

適当な隅のベンチに腰掛けて、紙袋をごそごそと開く。

近くの屋台でアルコールを販売しているらしく、周囲には酔っぱらいの姿が多かった。街灯に喧嘩を売る者さえいる。こんな場所なら、剣に話しかけたところで悪目立ちすることはないだろう。

「ほら、師匠。見てください」

【む。なんだ、その本は】

袋から取り出したものを見て、ダリオが訝しげな声を上げる。

それは一冊の本だった。装丁はしっかりしていて、かなり分厚い。

シオンはいたずらっぽく笑う。

「これはですね……賢者ダリオの冒険を描いた本なんです！」

【ほう？】

興味をそそられたのか、ダリオの声がすこし弾んだ。

「昔から読んでた本なんですけど……せっかく本人がいるんだから、解説してもらいたいなと思って。本に書いてることが本当かどうかも気になりますし」

【なるほど、答え合わせか。しかし千年も後の世に、こんな風に我が名が残っているとはなあ。汝から聞いていたが、すこしは感慨深いものがあるな】

ダリオはくつくつと笑う。

しかしそうかと思えば声をひそめて、ぽつりと言った。

【悪いな、気を回させて】

「……なんのことでしょう」

【下手な誤魔化しは不要だ。おおかた我を気遣って、その本を買ってきたのだろう】

ふんっと鼻を鳴らしてから、ダリオはからかうように続ける。

その声にはどこか吹っ切れたような明るさが含まれていた。

しばらく笑ってみせてから、師は静かに問う。

【……あとで話がある。昼間のあれと似たようなもので、あまり面白くもないとは思うが……それ

でも聞くか？】

「もちろんです。俺は師匠の弟子ですからね」

【くはは、従順で何よりだ。我の教育のたまものだな！】

ダリオは上機嫌にからからと笑い声を上げる。

どうやらもう完全に元の調子が戻ったらしい。

【まあ、先にその本を見せてもらおうか。いったいどんな内容なんだ】

「これは邪竜との一騎打ちを書いたものですね。表紙のイラストが最高にカッコいいんですよ」

【ほう、絵があるのか。我はどんなふうに描かれているんだ】

「もちろん表紙にいますよ。これです、これ」

興味津々の師に、シオンは本の表紙をかざしてみせる。

そこには筋骨隆々とした男が、魔剣を手に巨大なドラゴンへと対峙する絵が描かれていた。顔立ちは精悍そのもの。いかにも英雄らしい人物だ。

ダリオと邪竜の一騎打ちは、数ある伝説の中でももっともシオンが好きな逸話だった。

（やっぱりカッコいいよなあ、師匠。俺もいつかこんなふうになりたいな）

やはり男に生まれたからにはこんなムキムキに憧れる。

壮絶な修行によってかなり筋肉がついたものの、体格はまだ少年らしくひょろりとしたものだ。

シオンは未来の目標として、そのダリオの姿を胸にしっかり刻むのだが——。

【…………はあ？】

当の本人は虚を衝かれたような声を上げた。

【なんだ、このむさ苦しい筋肉ダルマは】

「へ？　何って師匠じゃないですか」

たしか、現代に伝わる肖像画を元に、精巧に描かれたものだったはず。

そう説明すると、ダリオは【ほう】と軽い相槌を打ってみせた。

【ほうほう、なるほどなるほど。これが我、か。ははは、ははは】

ダリオはしばらく乾いた笑い声を上げ……すっと声を低くする。

【おい、バカ弟子】

「な、なんですか、師匠」

【この本の作者と絵師、ならびにその一族郎党まとめて根絶やしにしろ。ひとりたりとも逃がすなよ】

「嫌ですよ!?　なんでそんな大量虐殺に手を染めなきゃいけないんですか!?」

【なんでもクソもないわこの愚か者！】

「うわっ、あぶなっ!?」

シオンの手の中で魔剣が跳ねる。どうやら相当ご立腹らしい。

新手の大道芸と間違われてコインが投げられたが、必死になだめるシオンには否定する余裕もない。ダリオはぎゃーぎゃーとわめく。

【これが我ぇ!?　この筋肉ダルマが音に聞こえし大英雄、ダリオ・カンパネラだと!?　本気で言っておるのか貴様!?】

「ええ……何が不満なんですか。あ、ひょっとして師匠、もっとムキムキだったとか？」

【言うに事欠いて貴様ぁ……！　我がこんなオッサンのはず……うん？】

そこでダリオはぴたりと凍り付く。

おそるおそる、といった調子でシオンに尋ねることには——。

【おい、シオン。汝の中で、我の外見はどんなイメージだ……？】

「ぶっちゃけると、この絵のイメージですけど……？」

【そうかそうか、ははは、ははは……はははははは！】

「し、師匠？」

ダリオは壊れたように高笑いを上げる。

これまで聞いてきた中で一番怖い笑い声だった。

シオンがハラハラしていると、師はすっと声を落として死刑宣告とばかりに告げる。

【ゴミ弟子、汝は今日限りで破門だ。この魔剣も利子をつけて返せ】

「嘘でしょ!?　さっきいい感じで師弟の絆を確認したばっかりじゃないですか!?」

【やかましいわボケ！　だいたい我のこの声を聞いて、どうしてそのような姿が浮かぶ!?】

「いや、そう言われましても。この絵のイメージぴったりの、めちゃくちゃダンディで渋い声に聞こえますし」

【っ……そうか汝、我の本当の声を知らんのだな!?　これは念話ゆえ、声は受け取る者のイメージに引っ張られる……つまりそういうことか!?　これまでずっと汝は、我をこんな筋肉ダルマだと思って……!?　は、腹立つぅ……!】

「そんなにショックなんですか……?」

人間だったら、頭の血管が切れてぶっ倒れそうなほどの憤慨っぷりだった。

長い付き合いにはなるが、ダリオがここまで怒ったところは見たことがない。

(師匠、ひょっとして線の細いイケメンタイプだったのかな……?　それなら確かに、この絵はかけ離れているよなあ)

どうやら現世に伝わる肖像画は間違っていたらしい。その絵を目標に憧れてきたシオンとしては複雑な思いではあったが、とりあえずダリオに頭を下げておく。

「えっと、なんか色々すみません。でも師匠って実際どんな姿だったんです?」

【っ、それはもちろん絶世の……………ああいや、待てよ】

勢いよく語り始めたダリオだが、途中で何かに気付いたように黙り込んだ。

シオンが首をかしげていると、師は何かを企むような低い声で続ける。

【言葉を並べるよりは……うむ、そうだな。ちょっとばかし時間をもらおう】

「はあ。何をするつもりなんですか？」

【それは後のお楽しみよ。ふんっ、我は賢者とまで呼ばれた傑物だ。オリジナルの魔法をちょちょいっと創り上げるくらいわけはない。首を洗って待っておれよ、シオン！】

「えっと、とりあえず分かりました……？」

よく分からないなりに、シオンは師へとエールを送った。ダリオはそのままブツブツと怪しい呪文を紡ぎはじめる。相当集中しているのか、シオンが話しかけても無反応だった。

「うわ、めちゃくちゃ本気だ……そんなに嫌だったのかな、この絵」

途方に暮れるような気持ちで、シオンは本を眺めるしかない。そんな折である。明るい声が背後からかかった。

「シオンくん！」

「あっ、レティシア」

振り返ってみれば、レティシアが歩いてくるところだった。

半日ぶりに見るその姿に、シオンはホッとする。しかしすぐに胸がざわついた。

（うん……？　なんかレティシア、元気がない……？）

笑みを浮かべているものの、レティシアの足取りは重く、顔色も優れなかった。

よたよたとした足取りでこちらに向かってきて、通行人とぶつかりそうになる。

「きゃっ！」

「危ない！」

シオンは素早く駆け寄って、レティシアのことを支えた。

女の子特有の甘い香りが鼻腔をくすぐってドキッとしたが、彼女の体が熱っぽいことに気付いて邪念が一瞬で吹き飛んだ。

レティシアの顔をのぞき込み、シオンは静かな声で尋ねる。

「大丈夫？　なんだか顔色も悪いみたいだけど……」

「す、すみません、ご心配をおかけして……すこし疲れてしまったみたいで……」

「すこしってレベルじゃないでしょ！　ほら、座って座って！」

「きゃっ」

慌てて彼女を抱きかかえ、先ほどまでシオンが座っていたベンチに下ろす。

すこし顔が赤くなったところに、回復魔法をかけてやる。

「はい。《ヒーリング》」

「わわっ」

淡い光がレティシアを包み込む。

すると彼女の顔から疲労の色が消え、血色が目に見えて良くなった。

レティシアは驚いたように目を丸くする。

「びっくりしました。回復魔法も覚えたんですね」

「うん。ずっと昔にレティシアも俺にかけてくれたよね、あのときのお返しだよ」

「ずっと前……？　ほんの三日くらい前じゃないですか、大げさですよ。でも……ありがとうございます」

レティシアはくすくすと笑う。気の遠くなるような修行を経たシオンにとっては大昔だが、彼女にとってはたしかにそれくらいの感覚だろう。

だが、それで緊張がほぐれたらしい。隣に座ったシオンに、レティシアはにこにこと笑いかける。

「シオンくんも昇格試験、お疲れ様です。それで、えっと……どうでしたか？」

「もちろんバッチリだよ。ほら」

そう言って、シオンはもらったばかりの証書を出してみせた。

Fランクの認定証である。それを見てレティシアはぱっと顔を明るくする。

「すごいです！　さすがはシオンくんですね」

「あはは、ありがと。レティシアはもうご飯は食べた？」

「あっ、いえ。まだですね。でも、宿はもう取ってありますよ」

「それじゃ、宿に行く前にすこし休んでから軽く何か食べに行こうか」

「はい。お気遣いありがとうございます」

そのままふたりは言葉を切って、ぼんやりと広場をながめた。

夜だというのに活気があり、行き交う人々もみな笑みを浮かべている。

賑やかで明るい景色を見つめながら——シオンは声のトーンを落として尋ねた。

「レティシアも、用事終わった？」

「えっと、その……」

レティシアは言葉を濁す。先ほどまでの笑顔も消えて、顔にかすかな影が落ちた。

だからシオンは彼女の手を取り、まっすぐその目を見つめて続けるのだ。

「今日言ったよね、俺はレティシアの味方だって。どんなことでも力になりたいんだ」

「……シオンくん」

「ひょっとして、その用事って何か大変なことだったりする？　あんなに疲弊するくらいなんだし、よっぽどのことだと思うんだけど」

レティシアの憔悴ぶりは先ほど目にしたとおりだ。

ラギのパーティにいたときでも、あそこまでふらふらになった姿を見たことはない。

だからシオンは心配するのだが、レティシアは困ったように笑うだけだ。

「いいえ、疲れたといっても……ただ街をずっと歩いていただけですから」

「あ、歩いていただけって、この広い街を？　ひょっとして朝からずっと？」

「……はい」

足下に目線を落とし、レティシアはぽつりと言う。

「ここなら何かを思い出すんじゃないかな、って」

「思い出す……？」

「ふふ。こんなこと打ち明けるの、シオンくんが初めてですよ」

レティシアはくすりと笑ってから、ため息をこぼす。

そうして打ち明けた言葉は――想像もしないものだった。

「私……半年前より昔のこと、何も覚えていないんです」

「えっ、それってまさか記憶喪失……？」

「はい。たぶんそういうことなんだと思います」

今から半年前、レティシアはとある村で倒れているところを発見された。

親切な老夫婦に助けてもらったものの、目を覚ましたときにはすべての記憶を失っていた。

自分の名前も、故郷も、家族の顔も何一つ思い出せず、レティシアと名乗っているのも、老夫婦が昔亡くしたという娘の名を貸してくれただけに過ぎないという。

「だから私はあちこち旅して回っているんです。見覚えのある景色とか、私を知っている人を探すために」

「そうだったんだ……だからこの街を見て回ったんだね」

「ええ。でも、ここもダメでした」

レティシアはゆっくりとかぶりを振る。

口元には薄い苦笑いが浮かんでいて、これまで多くの街でそうした落胆を覚えてきたのだろうと予感させた。

（そんな大変な事情を抱えていたなんて……）

自分の話をしなくて当然だ。何も覚えていないのだから、話せることなど何もなかっただろう。

彼女はたったひとりで苦しんで、悩んで、ここまで来たのだ。

ならばシオンのできることなどたったひとつだった。彼女の手を握ったままでいた手のひらに力を込める。

「だったら俺にも協力させてよ」

「へ」

「ひとりより、ふたりの方が効率的じゃん。俺もあちこち見て回りたいし、これからも一緒に旅をしよう。それで、きみの失われた記憶を取り戻すんだ」

なんでもいい。彼女の力に、支えになりたかった。

「何の才能もなかった俺に、レティシアは優しくしてくれた。だから……今度は俺が、きみの力になる番だ」

「シオンくん……」

レティシアは瞳を潤ませ、シオンのことをじっと見つめる。

だが、彼女はすっと目を逸らした。かぶりを振って、シオンの手をそっと放す。

「そこまで甘えるわけにはいきません。これ以上一緒にいたら、シオンくんに迷惑をかけてしまいます」

「迷惑だなんて思わないよ。一緒に旅をするだけなら、今までと何も変わらな――」

「そうじゃないんです」

シオンの言葉を遮って、レティシアは己の手を胸の前でぎゅっと握る。力を入れすぎているのか、みるみるうちにその手から血の気が引いていく。

「私がシオンくんに……神紋を持たないあなたに近付いたのは、偏見がなかったからじゃありません。一緒にいて、楽だったからです」

「ら、楽……？」

「はい。あなただけは、私の力が及ばないはずだから。だからそばにいたかった。ただ、それだけなんです」

「どういうこと？　レティシアの力は白神紋のはずだろ」

回復魔法に長けた白神紋。

その力が無神紋のシオンにも効果を発揮することは、これまでのことで証明済みだ。

（いや、レティシアはこの前言ってたじゃないか……切り札があるって）

それが、その力なのか。

シオンはごくりと喉を鳴らす。たった今直面している事柄は、決して触れてはならない禁忌なのだと予感があった。

それでも、退くわけにはいかなかった。

レティシアが苦しんでいるようにしか見えなかったからだ。

乾いた舌を無理矢理動かし、なおも尋ねようとするのだが――。

「レティシア、きみはいったい――」

「おい」

そこで、荒っぽい声が響いた。

はっとして顔を上げれば、ふたりが座るベンチの前――数メートルほどの場所に何人もの男たちが立っている。一言で言うのなら荒くれ者と称されるような連中だ。

だがしかし、そのうち二名はどこか他の者たちと空気が違っていた。顔に刀疵《かたなきず》を負った体格のいい男と、ローブをまとった顔色の悪い男。

【……おい、シオン。あのふたりは注意しておけ】

「分かってますよ」

ダリオも異変に気付いたらしい。シオンは小声で師に返す。

様子をうかがっていると、刀疵の男が手元の紙とレティシアを見比べてニヤリと笑う。

「やっと見つけた。おまえが例の悪魔だな」

「っ……！」

レティシアがひゅっと小さく息を呑んだ。

瞬く間もなくその顔色からは血の気が引いていく。

男たちが何者なのか、先ほどの単語が何を指すのか、シオンには何も分からない。

だが、自分の為すべきことは理解できた。

腰をゆっくりと上げてレティシアを背中に庇《かば》えば、顔に疵を持つ男が目をすがめる。

「ああ？　なんだ、てめえは。そいつの仲間か？」

「そうです。レティシアに何の用ですか」

「はっ、答える義理はないな」

刀疵の男は唇を歪《ゆが》めて嗤《わら》う。

多勢に無勢。勝利を確信した獣の笑みだ。

ローブの男が手を振ると、それが合図であったのか他の者たちが一斉に散らばってシオンを取り囲む。身のこなしに無駄はなく、全員それなりの実力を有する者だとうかがい知れた。

刀疵の男が、腰の剣に手をかける。

「邪魔立てするなら容赦は――」

「抜きましたね」

「っ……!?」

その剣身がほんのわずかに顔を出したその瞬間。

シオンは剣を抜き放ち、素早く男たちの周囲を駆け抜けた。音よりも速い迅走で雑魚たちを峰打ち。いくつもの悲鳴が折り重なって、一斉に男たちは倒れ伏す。

刹那ののち、立っているのは刀疵の男とローブの男だけだ。

「なっ……！　全滅……!?　あの一瞬で!?」

「すみません。売られた喧嘩は買えっていうのが、うちの師匠の教えでして」

うろたえるふたりの背後に回り、まっすぐ剣を突きつける。

「あなた方にも眠ってもらいます。でも、その前に……目的や、他にお仲間がいるかどうかだけでも聞いていいですか？」

何事も確認は大事だ。ブルードラゴンの一件で、シオンはしっかりそのことを学んでいた。

「し、シオンくん……」

「大丈夫、レティシア。俺に任せて」

雑魚たちが倒れたことで、周囲の人々が異変を察してざわつきはじめる。

ベンチの前に佇むレティシアも不安そうだ。

そちらに被害がないように気を配っているし、刀疵の男が肩を震わせはじめる。

やがて彼は広場一帯に響き渡るほどの哄笑を轟かせた。

「ふっ……ははは！　おもしれえ……！　こんなやべえのと戦えるなんざ、やっぱり志願して正解だったようだなあ！　テルギア!!」

「その通りだ、ゴルディス」

「うわっ！」

そこで初めて、テルギアと呼ばれたローブの男が口を開いた。

スッと手を掲げると同時、手の甲に灰色の神紋が輝く。その瞬間に昏倒したはずの手下たちが見えない糸で操られているかのように一斉に立ち上がり、シオンめがけて飛びかかってきた。

さすがのシオンもこれには少し驚いてしまう。

(他人を操る能力か……？　なら、術者を叩けば……っ!?)

なんとか対処できるはずだった。

そのはずなのに、刹那ゾッとするほどの悪寒が走る。それはこれまでに味わったことのない、常軌を逸した気配だった。そのせいで反応が遅れた。

「シオンくん！　あぶない……！」

レティシアが悲鳴を上げる。

それと同時に、彼女から未知の力が迸った。

大きな力が波のように押し寄せて――しかし、その波はシオンを素通りしていった。

(っ……!?　な、なんだ、今の感覚は……！)

まったく感じたことのない力の気配だった。

師の殺気を苛烈な炎に喩《たと》えるならば、今のはその真逆。深い海の底に横たわる氷塊のような、静かで強大なものだった。

だがしかし、直撃を受けたはずのシオンの体には何の異常もない。

「いったいなにが……なっ!?」

そこで、あたりが静まりかえっていることにようやく気付く。

見渡す限り一面に、大勢の人が倒れていた。

シオンに襲いかかった雑魚たち、ゴルディスにテルギア。そしてその他の通行人たち。

誰も彼もが区別なく眠ってしまっているらしく、力なく地面に転がっている。立っているのはシオンだけだ。

いつの間にか周囲は濃霧に包まれていた。

そしてその霧と静けさは、大きな街全体を包み込んでいて――。

「うっ、ううう……！」

「レティシア!?」

呆然としたところに呻《うめ》き声が聞こえた。

レティシアだ。彼女は意識を失っていないものの、地面にしゃがみこんで胸のあたりを押さえて苦しんでいる。

シオンは慌てて彼女のもとへ駆け寄った。そして、言葉を失う羽目になる。

「レティシア大丈夫!?　ひょっとして今のはきみが……!?」

「み、見ないで……」

かすれた声で懇願する彼女の体には、無数の神紋がびっしりと浮かび上がっていた。赤、白、青、黄、緑……それらが重なり合い、毒々しい黒色の幾何学模様を生み出している。

神紋を有することができるのは、ひとりにひとつ。

この世界の原則を、完全に覆す光景だった。

【まさかこの娘、あの力を……っ!?】

ダリオが大きく息を呑む。

それとほぼ同時に、レティシアの体を覆っていた神紋は何事もなかったかのようにすっと消えてしまう。しかし彼女は意識を失ってしまって——。

「レティシア！　しっかりして！　レティシア!?」

倒れたレティシアを抱き留めて揺さぶるものの、目を覚ます気配はない。

それでもシオンは彼女の名前を呼び続けた。その背後では——。

「くっ、はは……話に聞いちゃいたが、やっぱりキツいもんだなあ……処置を受けてなきゃ、俺らも目覚めなかっただろうな」

「ああ。だが……どうやら当たりだったようだ」

ゴルディスとテルギアのふたりが、ゆっくり立ち上がろうとしていた。

他の面々や通行人たちは依然として眠り続けている。しかし、そんなことはシオンにはどうでもよかった。

「師匠！　レティシアが大変です……！　どうしたらいいんですか!?」

【……うろたえるな。力を使って疲れただけだろう。じきに目を覚ますはずだ】

「っ、師匠は何かご存じなんですか!?　いったい今のは何なんです!?　レティシアは大丈夫なんですか！」

【ええい、落ち着け！　命に別状はないというに！】

うろたえるシオンに、ダリオが一喝を飛ばす。

そんな様子を眺めていたゴルディスたちは怪訝そうに顔を見合わせた。

「なんだ、あいつ。いったい誰としゃべってるんだ……？」

「わからん。だが、仕掛けるなら……今だろう」

テルギアが右手をかざすと、広場に倒れていた全員が一斉に立ち上がる。それは彼らの手下たちばかりでなく、一般市民も大勢交じっていて――。

【ちっ……無関係の人間を巻き込むのもお構いなしか。かくなる上は……シオン！　剣をかざせ！　早く！】

「は、はい！」

切迫した声に突き動かされるままに、シオンは剣を頭上にかざす。

ダリオは素早く呪文を紡いだ。それはシオンの全く知らない言語であり、一音一音発するごとに魔剣がまばゆい光を放ち始める。

ゴルディスたちがどよめくが、そちらが仕掛ける前にダリオの呪文が完成したようだった。

【冥府の王よ！　また我にボコられたくなければ……今ふたたび完全無欠の玉体を与えん！】

「うわっ⁉」

光が弾け、あらゆる景色を塗りつぶす。

ゴルディスたちが驚愕《きょうがく》の声を上げ、シオンもまたレティシアを抱きしめて光をやり過ごそうとするのだが——誰かにぐいっと襟首を摑まれたかと思えば、レティシアともども高々と宙を舞っていた。

「へっ、なに——ぎゃあ⁉」

そのまま、どこかの建物の屋根にぽいっと投げ出されて悲鳴を上げてしまう。おかげで腰を強く打ってしまったが、しっかり抱きしめていたおかげでレティシアは無事である。

そこは広場からそれなりに離れた場所だった。

三階建ての屋根はとても高く、地表が遠くて月が近い。そこから街を見下ろせば、一帯を濃い霧が覆っているのが確認できた。あたりは不気味なほどに静まりかえっている。

シオンは打ち付けた腰をさすりつつ首をかしげる。

「いったた……今の、師匠の仕業ですか……？」

「当然だろう。他に誰がいるというのだ」

「……うん？」

いつものように横柄に答えた声が、いつもとかなり違って聞こえた。

シオンはゆっくりと背後を振り返る。

すると、そこには見知らぬ人物が立っていた。

「まったく。戦場で取り乱すでないわ。汝がいくら力を付けたとはいえ、油断は命取りになるぞ。肝に銘じるがいい」

軽やかな甘い声で苦言をこぼし、肩をすくめる人物。

それはシオンが見たこともないような、非常に美しい少女だった。

銀糸と見まがうような白い髪を腰まで伸ばし、大きなリボンを頭頂に飾る。

華奢な体にやけに露出の多い衣装で、スタイルの良さがとても際立っていた。胸はかなり大きくて、顔立ちもたいへんかわいらしい。

黙ってにっこりと微笑めば、たいていの男は手玉に取れそうだが——残念なことに、人形のように整った顔に浮かんでいるのは百年の恋も一瞬で冷めそうな底意地の悪いニヤニヤ笑いだ。

シオンは目を瞬かせるしかない。

「えっと……どちら様ですか？」

「くくく、ずいぶんな間抜け面だな。術の完成を急いだ甲斐があったというものよ」

美少女は粘着質にくつくつと笑う。その笑い方には嫌というほどに覚えがあったものの、シオンはその可能性から目を背けるしかなかった。

しかし美少女は残酷にも、胸に手を当ててやけに堂々と名乗ってみせる。

「よくその目に焼き付けるがいい、シオン！　我が真名はダンダリオン・カンパネラ。最強にして完全無欠の美少女英雄……そして、汝の師であるぞ！」

「お、お……女の子ぉおおおおおおお!?」

「うむ。気安く、ダリオちゃんとでも呼ぶがいい。呼んだら呼んだでぶっ飛ばすがな！　わははははは！」

ばちんとウィンクして、美少女——ダリオはからからといつもと同じ調子で笑ってみせた。

# 八章　万象の力

　ダリオはくるくる回ったり、スカートをひらひらさせてみたりして、ひとしきり体の具合を確かめる。そうして最終的にはぐっと拳を作り、にやりと笑った。

「うむ、活動には問題ない実体だ。我ながら惚れ惚れする腕前よな」

「いやいやいや!?　実体化は納得しましたけど!?」

　レティシアをそっと寝かせてから、シオンは満足げな少女の肩をがしっと掴んで叫ぶ。

「師匠、なんで女の子の格好なんです!?　生前のお姿になればよかったじゃないですか！」

「この期に及んでまだ分からぬか。我は元から女だが？」

「うぐぅっっっ……！」

　こてんと小首をかしげる美少女に、シオンは言葉を詰まらせる他なかった。

　彼女が嘘をついているようにはとうてい見えず、よろよろと彼女から手を離し、頭を抱えてうずくまる。

（嘘おおおお!?　師匠、女の人だったの!?　たしかに何かおかしいな、って思うときはあったけど……!?）

たしかにダリオが女性なら、いくら女の人を食い散らかそうが子供ができるはずはない。筋肉ムキムキの肖像画にブチ切れたのにも納得がいく。異空間での修行の最中、一度だけ目のくらむような美女の姿に見えたこともある。

違和感はあった。しかし、そのどれもを『まあいいか』とやり過ごしてきてしまったのはシオン自身で……。

（やっぱり確認は大事だな!?）

改めて心に刻むシオンである。一方で、ダリオは居丈高に笑う。

「だーっはっはっは！　見事、我が美貌にノックアウトされたようだな！　ほれほれ、せいぜいその目に焼き付けるがいいぞ、この美少女っぷりを！　サービスで汝と同じ年頃で顕現してやったゆえ、有り難く思えよな！」

「……はあ」

その高笑いを聞くうち、シオンの心がすっと静まった。

たしかに絶世の美少女だ。胸も大きいしスタイルは抜群。だが、しかし——。

（師匠が女性だった、っていうか……つまりこの女の子が師匠なんだよな？）

壮絶な修行で死ぬほどしごかれたこと、女の子と交際経験がないのを散々からかわれたこと……そんな師との思い出がいくつも脳裏をよぎり、シオンはゆっくりと立ち上がる。

そうしてダリオへ向けて軽く会釈してみせた。爽やかな笑みも合わせて。

「あ、お騒がせしてすみません。落ち着きました。どんな姿だろうと、師匠は師匠ですよね」

「むう、まあそれはそうなんだが……なんだか非常に腹立たしい納得の仕方をしてはおらぬか、汝」

ダリオはじとーっとした目でシオンを睨む。

それなりに迫力はあるものの、見た目がキラキラした美少女なので威圧の威力は半減していた。

師弟がそんなふうにじゃれ合うさなか――。

「うっ、うう……っ」

「っ、レティシア！」

レティシアが小さく呻き、ゆっくりと目を開いた。

慌ててそちらに駆け寄るものの、先ほどのように苦しむそぶりはない。シオンはほっと胸をなで下ろす。

「よかった。目が覚めたんだね。体の具合はどう？」

「シオンくん……」

レティシアはじっとシオンの顔を見つめ、どこか寂しげに笑う。

「やっぱりあなたには、私の力が通用しないんですね……」

「『やっぱり』……？」

「レティシア」

シオンが目を瞬かせていると、ダリオに押しのけられる。

突然現れた派手な美少女を前にして、レティシアはびくりと身をすくめてみせた。

「ど、どなたですか……？」

「なに、怪しい者ではない。このアホ面の師だ」

「シオンくんのお師匠さん……！　こんなにお若い方だったんですか⁉」

「あはは……」

いろいろと説明がややこしいので、シオンは乾いた笑いでごまかした。

しかしダリオは取り合わなかった。怖いくらいに真剣な面持ちでレティシアに詰め寄る。

「少々聞きたいことがある。というか、確認させてくれ」

「……なんでしょうか」

「例の悪霧事件、犯人は汝だな？」

「…………はい」

レティシアは静かにうなずいた。

悪霧事件……住民が一時的に神紋の力を失った事件だ。

シオンはごくりと喉を鳴らし、レティシアの顔を見つめる。

「レティシアが悪霧事件の犯人……本当なんですか？」

「ああ。シオンも見ただろう。この娘が力を使い、街の者たちはみな眠りについた。おまけに体には無数の神紋。確定だろう」

ダリオは鼻を鳴らし、目をすがめてレティシアを見つめる。

針のような眼差しだ。レティシアはびくりと身を縮めるが、ダリオはおかまいなしに続けた。

「この娘の力は万象紋。この世のすべてを統べる、神がごとき力だ」

「神の力……？　ふつうの神紋とは違うんですか？」

「同列に論じることなどできん。なんせ、あらゆる神紋の力を有しているに等しいのだからな」

ダリオが語るところによれば、その力は文字通り万象に及ぶという。

あらゆる神紋を無効化し、力を奪うことができる万能の力。

「しかも、一度奪った神紋は永久に己のものにできる。我らが無神紋の無能だとすれば、レティシアはその対極。まさに全能と言えような」

「で、でたらめすぎますよ……！　そんなの聞いたこともないです！」

「当たり前だろう。限られた者だけが知ることだからな」

「万象、紋……この力にそんな名前が……っ！」

レティシアは己の手をじっと見つめていた。

しかし突然ハッとしてダリオに詰め寄るのだ。

「シオンくんのお師匠さん！　お師匠さんはご存じなんですか!?　私がいったいどこの誰で、どんな人間だったのかを……！」

「……残念だが、我が知っているのはその力についてだけだ」

「そんな……」

ダリオがゆっくりとかぶりを振れば、レティシアは真っ青な顔で後ずさる。

深刻な話の中、シオンは霧の立ちこめる街並みへそっと視線をやる。

道のあちこちに人が倒れており、そこには種族の区別がまるでない。あたりを覆うのは耳が痛いほどの静寂だ。おもわずごくりと喉を鳴らしてしまう。

（これだけの範囲の人間を、一瞬で無力化できる力だなんて……想像を超えているな）

これこそが、彼女の言っていた切り札なのだろう。

そして『シオンには自分の力が及ばない』という言葉の意味も理解できた。

（こんなめちゃくちゃな力も、たしかに俺と師匠には何の関係もないか……なんせ奪える神紋がないんだもんなあ）

実際、ふたりとも静まりかえった街の中でぴんぴんしていることだし——しかし、そこでふと気付くことがあった。

「うん？　でも待ってよ。さっきの男たち、ふたりだけ起き上がってきたけど……？」

「えっ……？」

それにレティシアが目を瞬かせる。

「そ、そんなはずありません……神紋を持つ人は、みんなこの力で眠ってしまうはずなんです」

「ほうほう、可愛い顔して汝もなかなか悪ではないか。その口ぶりなら、これまでにも何度か使ったことがあるな？」

「な、なるべく使わないようにしていました！　でも、怖い人に絡まれて、どうしようもなかったときとかにだけ……ううう……」

「それは使うべきタイミングだったと思うよ、レティシア」

しどろもどろになって落ち込むレティシアの肩を、シオンは力強く叩いてみせた。

レティシアは小さくなりつつも不安そうに続ける。

「そもそもこの力がバレたことだって、これまでありませんでしたし……あの人たち、いったい何なんでしょう」

「じゃあ、心当たりがないんだ」

「ふん。所属が分からずとも、万象紋をくらっても動けるカラクリは読める」

ダリオは辟易したように鼻を鳴らす。

「あいつらも理に反する力を身につけた者だ。おそらく裏社会に通じて……おっと？」

「へっ、きゃあ!?」

ダリオがひょいっと軽く後ろに跳んだその瞬間、屋根に街灯が突き刺さった。

悲鳴を上げるレティシアを抱き上げて、シオンもそこから飛び降りる。大通りに降り立てば、あのゴルディスという男が立っていた。

整備された歩道から軽々と街灯を引っこ抜き、槍のように振り回しながら獰猛《どうもう》に笑う。

「はっ、まだお仲間がいたとは。しかもそこのガキ同様、万象紋の影響外とは……おもしろいじゃねえか」

「噂をすれば、か。もうひとりの方もやる気のようだな」

ダリオはわずかに眉をひそめて、大通りの向こうを睨む。

あたりに満ちていたはずの深い静寂が、微少な足音の連続によって上書きされていく。

やがてその方角に大勢の人影が見えてきて――ダリオはシオンの肩をばしっと叩き、ゴルディスを指し示す。

「よし、シオン。これも修行の一環だ。その娘を守り、あっちのゴツい方を倒せ」

「ま、守るって……！　ダメです、おふたりは逃げてください！　あの人たちの狙いは私だけのはずで……！」

「そうは言ってもなあ。汝、ほとんど戦闘能力はないだろ。すべての神紋の力を有しているとはいえ、まともに使いこなせるのは白神紋の力だけ。万象紋自体もきちんと制御できずにいる。違うか？」

「なっ……どうしてそれを……!?」

「経験に基づく勘だな。というわけだ、シオン。いけるな？」

「もちろんですよ、師匠」

慌てふためくレティシアをよそに、シオンもまたあっさりと返す。しかし気がかりがあって、少し声を潜めて師に問うた。

「師匠はもう片方をやるおつもりですか？　その体、どれだけ戦えるんです？　気配から察するに絶好調ってわけでもないですよね」

「ふん、お見通しか。なあに、力は全盛期の一億分の一といったところか。羽虫を払うには十分だろう」

「……分かりました。無茶だけはしないでくださいね」

「かかか、我を誰と心得る。汝の師だぞ、心配は無用だ」

「いや、師匠の心配っていうより、街とか建物の心配っていうか……まあいいか」

からからと笑うダリオに、シオンは苦笑するしかない。

レティシアの力、師の正体、謎の敵――様々な事態が起きて混乱する一方ではあるものの、自分のやるべきことははっきりしていた。レティシアを抱えたまま、片手で拳を作ってダリオに向ける。

「それじゃあやりますか、師匠。はじめての共同戦線ですね」

「かはは、良き響きだな！　終わったら軽く一杯付き合えよな！」

「ジュースで良ければよろこんで。それじゃ！」

「っ、待ちやがれ！」

師弟は拳を打ちつけ合うなり逆方向へと駆け出して、ゴルディスがシオンの方を追いかけた。

シオンはレティシアを抱えたまま、人があちこちで倒れる通りをひた走る。

とはいえ速度はちゃんと加減した。あまり速すぎるとレティシアが舌を噛むだろうし、何より敵を引き離しすぎるのもよくなかったからだ。

「に、逃げるんですか⁉　それなら私を置いて――」

「残念だけど逃げるわけじゃないよ。戦いやすい場所を探してるだけ」

戦うならもう少し開けた場所で、なおかつ他の人を巻き込まないような場所がいいだろう。

（それに師匠の近くにいると、とばっちりを受けそうだしなあ……）

ダリオはどう見てもやる気のようだったし、へたに近くで戦うと巻き添えを喰らう恐れがあった。

見た目は美少女だが中身はあれだ。

（あっちの敵の方も可哀想になあ……）

こっそり苦笑をこぼしたところで――。

「おっと」

「ひっ……！」

今度は頭上から何本もの街灯が降り注いだ。

軽いステップでかわしていくが、通り一帯を揺るがすほどの破砕音が響き渡る。レティシアが怯えてシオンの首にしがみついてきたので足を止める。

そこにゴルディスが現れた。男はシオンを睨《ね》め付け、低い声で告げる。

「鬼ごっこはもう終わりだ。観念しやがれ」

「そうですね、この辺りがちょうどいいかもしれません」

やみくもに走ってたどり着いた先は、だだっ広い空き地だった。建築予定地なのか、隅に木材などが積み上げられている。もちろん他に人影は見られなかった。

ここなら多少派手なことをしても、他人に迷惑がかかることもないだろう。

レティシアを下ろし、背中に庇う。するとゴルディスはニヤリと笑ってみせた。

「それにしても驚いた。さっきの女のガキといい……やっぱりおまえも俺たちと同じだったんだな」

「同じ……ですか？」

「おいおい、しらばっくれても無駄だぜ。万象紋の力をくらって平気なんて、これしかねえだろ」

ゴルディスは袖をまくり上げ、右手をかざしてみせる。手の甲に本来あるはずの神紋は輝きを失っていたものの——その前腕には、もう一つの神紋が描かれていた。

それは普通の神紋を模しているものの形が歪《いびつ》で、インクが紙に滲《にじ》むように黒ずみが肌に広がっていた。

「神紋手術。おまえも受けたんだろ」

「なっ……！」

シオンは言葉を失うしかない。

人工的に神紋を付与するという裏の技術である。まっとうな人生を送っていれば、実物を拝むことはほとんどない。

(師匠が言ってた、この人たちが動けるカラクリってのはこれなのか……)

初めて見るその代物に、シオンはまじまじと見入ってしまう。ゴルディスは得意げに語る。

「生まれつき持ってる神紋は万象紋で打ち消されるが、手術で付け加えた方には効果がない。直撃をくらって起きていられる理由なんて、これ以外にはないはずだろ？　だからおまえも――」

「は……？」

「ああ、いや。俺は単に元から神紋がないだけです」

こちらも右手をかざして訂正すれば、ゴルディスが目をむいて固まってしまう。しかしすぐにハッとして声を上げるのだ。

「まさかおまえ、無神紋か……!?」

「そうですよ。さっきの銀髪の子も同じです」

「そうか……そうかよぉ……！」

肩をすくめてみせれば、ゴルディスはますます笑みを深めてみせた。しかしそれは嘲りの笑みではない。昂《たかぶ》る獣のそれであった。静まりかえった街に男の雄叫びが響き渡る。

「ますますおもしれえ……！　俺の手下どもを瞬殺する無神紋か！　殺し甲斐があるってもんだ！」

「それは光栄ですね」

「し、シオンくん……！」

ゴルディスが地を蹴り、凄まじい勢いで飛びかかってくる。

そのまっすぐ飛んでくる拳を、シオンは掌底で弾いて逸らし、反撃に出ようとするのだが――。

（っ、重……！）

敵の打撃は想像以上に重かった。

逸らすのを一瞬で諦めて受け止める。踏ん張ったものの、シオンの体は数メートルほど後ろに下がってしまう。そこにゴルディスは更なる追撃を畳みかけてくる。

「ハァッ!!」

歪んだ神紋が光を帯びたかと思えば、男の筋肉が風船のように膨れ上がる。

シオンよりはるかに大柄な巨体から繰り出される攻撃は、その図体からは想像もつかないほど素早く、まるで空を切り裂く雷のようだった。

その猛攻をいなしつつ、シオンは男の腕に光る神紋を見つめる。

（黒に近い緋色……赫神紋か。初めて見たけど、身体能力が格段に上がるっていうのは本当みたいだな）

魔法は不得手だが、桁外れのパワーを発揮できる神紋だ。なるほど、新たに付け加えるとするならば、これほど使い勝手の良い力はないだろう。

一撃一撃が岩を砕くほどに重く、瞬く間に何発もの打撃が抉《えぐ》るようにして繰り出される。だが――その程度だ。

「よし、だいたい分かりました」

「は――っ!?」

シオンは軽くうなずき、わずかに腰を沈める。

飛んできた拳を受け流し、突き出た相手の腕を摑んで背負い投げの要領でぶん投げた。相手は勢いよく宙を飛び、資材の山に激突する。静まりかえった街中に、物々しい轟音が響き渡った。

もうもうと上がる砂埃を、レティシアが目を丸くしたまま凝視する。

「し、シオンくん……本当にお強くなったんですね」

「うん。師匠のおかげだよ」

肩をすくめて笑ったところで、ゴルディスが資材をどかして立ち上がってくる。すっかりボロボロではあるものの、シオンを睨め付ける目には鋭い光が宿っていた。

「てめえ……どうして剣を抜かねえんだ」

「そっちが抜いたら俺も抜きます。素手でかかってくる相手に剣なんて使いませんよ。だって卑怯じゃないですか」

「くっ、くく……おもしれえ！　赫のゴルディスといや、裏じゃそれなりに名が通ってるっつーのに……舐められたもんだぜ。ますますおもしれえ」

ゴルディスは肩を震わせてくつくつと笑う。

しかし、不意にその目がすっと細められた。

「だからこそ……勿体ねえな」

「なに、が……？」

そこでシオンの視界がぐらりと傾ぐ。

何か攻撃を受けたのかと思ったが、ただ単に自分が体勢を崩しただけだった。全身から脂汗が吹き出して動悸が激しくなる。地面に膝を突いて喘《あえ》ぐことしかできなかった。

レティシアが慌てて駆け寄ってきてシオンの体を支えようとしてくれるが、その途端に彼女の顔がさっと青ざめる。

「す、すごい熱です……！　大丈夫ですかシオンくん!?」

「……何かしましたか？」

「おまえと戦いてえのはやまやまだが、俺の雇い主は時間にうるせえんだ。早くそのガキを連れて行かねえと俺たちの命がない」

ゴルディスはため息交じりにそう言って、手にしていた短刀をかざしてみせる。その小ぶりな剣身は毒々しい紫色をしており、先から粘度の高い液体が滴り落ちていた。

「こいつは東の孤島に棲まう魔獣の爪を鍛えた逸品でな。ドラゴンですら十分とかからず死に至るっつー猛毒を出すんだ」

「なるほど……ずいぶん物騒な得物をお持ちで」

シオンは己の脇腹をさする。

喰らったのはごくごく浅い傷だ。だがしかし傷口の周囲が赤紫色に変色しており、じわじわと熱を帯びていくのが分かる。

「だ、ダメです……！　私の魔法でも回復できない……！」

レティシアが血相を変えて回復魔法をかけてくれるが、快方に向かう兆しはない。

ゴルディスは唇を歪め、嘲るようにして続ける。懐から取り出すのは、透明な液体が詰まった小瓶だ。

「お嬢ちゃんがこれ以上抵抗せず大人しく捕まるっつーのなら……この解毒剤を渡してやってもいいんだぜ」

「っ……！」

レティシアがハッと息を呑む。

躊躇は一瞬だった。ぐっと拳を握りしめ、彼女はシオンを守るようにして立ちはだかりゴルディスに宣言する。

「分かりました。あなたと一緒に行きます」

「いけない、レティシア！」

レティシアの手を摑み、シオンは叫ぶ。

「あんなの嘘に決まってる！　行っちゃダメだ！」

「それでも、シオンくんが助かる可能性はあります」

手を取って引き止めようとするシオンに、レティシアは苦しげにかぶりを振る。

「もうこれ以上、誰にも迷惑はかけたくないんです」

「これ以上……？」

「私の力は見ましたよね」

レティシアは口元に薄い笑みを浮かべてみせた。それはシオンが初めて見る、彼女の自嘲気味な表情だった。

「私はあんな恐ろしい力を持っているんです。昔のことは何も覚えていないけど……もしかしたら、とんでもない悪人だったのかもしれない。たくさんの人を傷付けて、大切なものを奪ってきたのかもしれない。助けてくれたお爺さん、お婆さんだって、私のせいで……」

記憶を失ったレティシアを介抱してくれた老夫婦。

レティシアはしばらくの間、彼らと静かに暮らしていた。しかしある日、自分の神紋が何なのか気になって……軽い気持ちで力を使ってしまった。

力は村一帯を覆い尽くし、倒れた村人たちと、自分の体に浮かび上がった無数の神紋を目にして恐ろしくなり、レティシアはそのまま村を去った。

それが悪霧事件として知られる事件の真相だった。

　ゴルディスが唇を歪めて、皮肉げに嗤う。

「はっ、まさに悪魔じゃねえか。可愛い顔をしているくせに恐ろしいもんだな。だがあちこちであの力を使わせれば、今回の報酬よりもっと多くの金を稼げるんじゃゃ……」

　そのまま彼はぶつぶつと悪事の算段をし始める。レティシアの力があれば、ありとあらゆる生物を無力化できる。どんな犯罪だろうと思いのままだろう。

　それが自分で痛いほどにわかるのか、レティシアは泣き出しそうなほどに顔を歪めて、かすれた声をこぼす。

「あんなに良くしてくれたおふたりに、私はお礼も言わず逃げたんです。卑怯者の悪人です。だから私は……誰かに助けてもらう資格なんて、ないんです」

「それは、違うよ」

　シオンは強く首を横に振る。

　レティシアの苦悩はわかった。未知の力に怯え、過去の自分が何者なのか不安でたまらず、ここまで来たのだ。

「仮にきみが償うべきだとしたら、その村の人たちだけだ。覚えてもいない罪まで背負う必要なんてない」

　記憶を失う前のレティシアがどんな人間であったか、シオンは知らない。それでも今目の前にいるレティシアがどんな子なのかは知っている。

「助けてもらうための資格なんて必要ない。俺が助けたいのは、今のきみなんだ」

「でも、私は……私は、あんな恐ろしい力を……！」

「力なんて関係ないよ」

嗚咽のような悲鳴をこぼすレティシアに、シオンは力強く断言する。

たしかに彼女が有するのは凄まじい力だ。だが——それだけだ。

「持って生まれた才能なんかで、人の価値は決まらない。元無能の俺が保証するよ」

「シオンくん……」

レティシアは息を呑み、シオンのことをじっと見つめた。その瞳はひどく揺れていたが、シオンの言葉は届いたようだ。

ゴルディスの方に踏み出そうとした足は、それ以上動く気配を見せなかった。

「おい、いつまでごちゃごちゃと……いや、ちょっと待て」

そこでゴルディスが声を荒らげる。しかし、すぐにハッとして口をつぐんだ。

信じられないものでも見るような目でシオンを凝視し、短剣を向ける。

「おまえ、なんでまだ喋れるんだ……？　そろそろ体が痺れて動けなくなるはずなんだが……」

「ああ、さっきの毒ですか？」

シオンはすっと立ち上がる。

先ほどまでの目眩や動悸は、完全に消え去っていた。肩をすくめて平然と告げる。

「じっとしてたら、なんか平気になりました」

「馬鹿な⁉　ドラゴンすら数分で息絶える猛毒なんだぞ⁉」

ゴルディスがすっとんきょうな声を上げる。

「いや、初めてくらうタイプの毒だったんでちょっと無効化に時間はかかりましたけど……摂取して三秒で死に至る毒なんかも師匠から受けたことありますしね。この程度なら優しい方ですよ」

シオンは飄々と言うだけだ。

戦闘訓練のついでに、ありとあらゆる毒物を叩き込まれたことがある。何度も死にかけたが、おかげで毒への耐性は万全だ。

相手が何か仕掛けてくることも読んでいた。

それをあえてくらって、ピンチを装ったのには理由がある。

ゴルディスがそれに気付いたのか、その顔がさっと青ざめる。

「ま、まさかおまえ……！　今のをわざと食らったっていうのか⁉」

「その通りです。優位を確信したら、ペラペラ情報を出してくれるタイプに見えたので」

シオンは飄々と言いつつもため息をこぼす。

「でも期待外れでしたね。レティシアの本音が聞けたのはよかったけど、あなたはろくな情報を漏らしてくれなかったし……その分なら、雇い主の正体もよく分からないまま動いてるって感じですかね？」

「そ、それがどうした！　金さえもらえりゃ、俺はなんでもいいんだよ！」

「俺はそれじゃ困るんですよ。元凶を叩かなきゃ」

彼女を狙うのが何者か、その情報が欲しかった。

しかし敵は思った以上の下っ端だったらしい。このまま引き延ばしたところでまともな情報が出るとも思えなかった。時間の無駄である。

シオンは軽い笑みを浮かべて、ようやく腰の魔剣をゆっくりと抜き放つ。

「情報を出してくれないのなら、もうあなたに用はありません。この辺で終わらせるとしましょうか」

「ふ、ふざけやがって……！」

ゴルディスの赫神紋が輝きを増し、その巨体がさらに膨れ上がる。もはや小さな家をしのぐほどの大きさだ。男はその勢いのまま弾丸のように突っ込んで、ふたたび毒の短剣を突き立てようとする。

しかし、それをシオンは軽く剣の柄で弾いてみせた。

たったそれだけで巨体が数メートルほど後ろに下がる。

そこにシオンは剣の峰で撫でるように畳みかけた。ゴルディスはその攻撃をガードするだけで手一杯だ。その顔に焦りの色が初めて浮かぶ。

「なぜだ……！　俺は力を手にしたんだぞ……!?　無神紋ごときが敵うはずはない……！」

「ダメですよ、ズルしちゃ」

シオンは淡々と告げ、相手の剣を弾く。その衝撃で毒々しい剣身は粉々に砕けてしまった。

ゴルディスの体勢が完全に崩れ、赫い神紋が目の前に来る。

剣をくるりと回して持ち直し、大きく踏み込み斬り上げる！

「ちゃんと努力して得た強さじゃないと……いざってときに役に立ちませんからね！」

「なっ……!?」

剣先が赫神紋をかすめる。その瞬間、ガラスが割れるような音を立てて紋様を形作る線がかき消えた。

別れる直前、ダリオがこっそり耳打ちしたことは事実だったらしい。

『その剣は特別製でな、偽物の神紋を破壊できるのだ。試しにやってみるといい』

驚愕に目をむくゴルディスに、シオンは剣を翻しふたたび一撃を放つ。

「はい。それじゃ終わりです」

「がぼぉっ!?」

バットのように横薙ぎに振るった剣は、ゴルディスの腹を直撃した。巨体は爆音とともに一直線に吹き飛んでいった。建物をいくつも破砕し、辺り一帯にすさまじい砂埃が舞い上がる。

あとには大通りまでまっすぐ続くトンネルができていた。

道のど真ん中にゴルディスがぶっ倒れており、ぴくりとも動かない。峰打ちなので死んではいないと思うが、当分目覚めることはないだろう。

「ふう、少しはすっきりした。あっ、でもしまったな……俺も師匠のこととやかく言えないか」

ちゃんと人の気配がない場所を狙って打ったので人的被害はないだろうが、それなりに建造物への被害は甚大だ。

落ち着いたら魔法で直して回らなきゃ……とため息をこぼした、そのときだ。

背後で見守っていたレティシアが、ほうと小さく息をつく。

見れば彼女はすっかり目を丸くして固まってしまっていた。

「ま、まさかこんなにお強いなんて……シオンくんには驚かされてばっかりですね」

「あはは。ありがと、レティシア。師匠に鍛えてもらったおかげだよ」

「……その分、たくさん頑張ったんですよね」

レティシアはシオンのことをじっと見つめて、自分の爪先に視線を落とす。

「力で人の価値は決まらないって、シオンくんおっしゃいましたよね。それなら私も……こんな私でも、いい人間になれるでしょうか」

「何言ってるんだよ、レティシアは元からいい子じゃないか」

シオンはその手を取って、彼女の顔をのぞき込む。

「その力とか、記憶のこととか、不安だと思う。でも何があっても絶対に俺が支えるから。だから、勇気を出して欲しい」

「……はい」

レティシアはシオンの手をぎゅっと握り返す。

まっすぐこちらを見据える目には、強い光が宿っていた。

「今回もたくさんの人に迷惑をかけましたし……私、逃げずにちゃんと謝ります。悪霧事件で迷惑をかけた、お爺さんやお婆さんにも」

「うん。そうこなくっちゃ。俺でよければ付き添うよ」

「はい！」

レティシアは真面目な顔でうなずいてみせる。自信なさそうな表情から一転、何か吹っ切れたように見えた。

「それじゃ、これから冒険者ギルドに行きます。ちゃんと私から、自分の口で説明して……あっ!?」

「え、なに、どうかした？」

レティシアが途端にハッとする。

首をかしげるシオンに、真っ青な顔で言うことには――。

「お師匠さんは大丈夫でしょうか!?　今からでも助けに行った方がいいんじゃ……！」

「ああ、師匠なら……」

大丈夫、と言おうとしてシオンははたと口をつぐむ。

あの程度の手合いなら、師の敵ではない。だから加勢はまず間違いなく必要ないのだが……。

「たしかにちょっとマズそうだし……行った方がいいかもなあ」

◇

こんなはずではなかった。

テルギアは心の底からそう思った。

簡単な仕事のはずだったのだ。

提示された条件に合う者を探し出し、生かしたまま雇い主に引き渡す。

ターゲットは特殊な力を有しているが、それに対抗できるよう雇い主がタダで神紋手術を受けさせてくれる。成功すれば多額の報酬が出る上に、成果がなくとももうひとつの神紋を得ることができる。好条件もいいところだった。

テルギアもゴルディスも、人伝てにそのうまい話を聞いて、つい先日神紋手術を受けた。

それらしきターゲットも見つけたし、どうやら万象紋以外にはまともな戦闘手段を有していないらしいとわかった。

おまけにテルギアが手術によって付与されていたのは、催眠に長《た》けた灰神紋。

彼の趣味である、珍しい神紋を持つ人間の剝製作りに役立つことは間違いなかったし、ターゲットの捕縛が容易になるのも明らかだった。

だから、簡単な仕事のはずだった。

それなのに——月が見下ろす大通りにて、テルギアは無様に地面を這《は》い、血反吐を吐いてもがいていた。

「それで？」

しんと静まり返った大通りに、少女の声が響く。

テルギアとの距離は数十メートルも離れている。彼女は何の武器も持たず、魔法を唱えることもない。

ただ自然体だ。その整った面立ちに浮かんでいるのは、やけに楽しそうな満面の笑み。苦痛に呻くテルギアをまっすぐ見つめたまま、少女は楽しげに問う。

「貴様は本当に、聖紋教会とは無関係なのか？」

「し、知らない……！　そんなもの、聞いた、ことも……！」

「ふうむ、本当かなあ」

「ひっ、やめっ……!?　ぐ、ぎっ、ぎゃあああああ!!」

ダリオはかぶりを振る。そして一歩だけテルギアの方へと踏み出した。

たったそれだけ。華奢な少女の小さな一歩。わずかに距離が縮まったそれだけでテルギアはもがき苦しんだ。

少女から放たれるのは、殺気などという生温いものではなかった。

物理的な破壊力を伴う『圧』である。

少女が踏み出し歩くただそれだけで、空が大きく戦慄《わなな》いた。

大気が巨岩のような重量を有し、万物にのしかかる。

あたりの建物には蜘蛛の巣のようなヒビが入り、道のレンガは粉々に砕けた。

その力はもちろんテルギアにも降りかかる。

血が沸騰し、筋繊維が裂け、骨が砕け、皮膚がただれ、内臓が破裂し、気道が潰れ、粘膜が灼け、神経がすり潰され、頭蓋が軋み、鼓膜が破れ、腱が切れ、爪が剝がれ、想像を絶するほどの激痛が襲いかかり、気絶と覚醒を瞬くほどの間に何度も何度も繰り返しながら、正気を失うことも許されず、ただただ苦しみ、もがき続ける。まとっていたローブは血液やその他の体液で重みを増していた。逃げる余力はもちろんない。

崩壊しきった景色で無事なのは、あたりに転がる一般市民だけだった。どうやら少女が意図的に被害を避けているらしい。

(何だ、この娘は……!? 本当に人間か……!?)

テルギアは裏社会に沈む前、それなりに名の通った冒険者だった。

数々の修羅場をくぐり抜け、かつての仲間たちとともに一匹の神竜を討ったことすらある。

神竜と対峙したときも、身も凍るほどの威圧感を心身に受けて足がすくんだ。人知を超えた力の一端に触れた気分だった。

だがしかし、あんなものは単なる子供騙しに過ぎなかったのだと、今になって知った。

（こんなの、人間でも、生物でもなんでもない……！　災厄だ!!）

威圧だけで人を殺す。

そんな生き物など、聞いたことがない。

逃れようのない死が、もうすぐそこまで迫っていた。恐怖で歯の鳴る音が、弱まりつつある心臓の鼓動を上書きして頭の中で大きく響く。

そんな死に瀕する男を前にして、ダリオは軽く肩をすくめてみせる。

「ふーむ、嘘をついているようには見えんな。ともあれ本当にやつらと無関係かは判然とせぬか」

シオンが相手取っているのも同等の雑魚だろう。

万象紋の知識も最小限しか与えられていないようだし、これでは何の収穫も見込めない。ダリオは小さくため息をこぼし、準備運動でもするように腕を回す。

「なあ。我があのデカブツではなく、貴様の方を担当したのは何故だと思う？」

「おがっ……!?」

一歩、歩く。

たったそれだけで這いつくばったテルギアの体がグシャリと歪んだ。

声無き悲鳴を聞き流し、ダリオは続ける。

「我が弟子はそれなりに強い。だが貴様のような、人を人とも思わぬクズとやり合った経験が少なくてな。先ほど我にやったように、無辜《むこ》の民を人質に取られれば剣が鈍ったことだろう」

テルギアは市民を操り、ダリオを捕らえようとした。

それなりの力を持った無神紋ということで大いに興味を引かれたらしい。こちらが反撃に転じようとすれば人々を壁として使い、己の身を守った。

教本に載るほどの卑劣な手だ。普通の者なら、剣を向けることをためらったことだろう。

「だが、我は違う」

ダリオは唇を三日月の形に歪めて笑う。

「貴様のように卑劣な輩《やから》を前にするとな、かえって燃えるのだ。ゾクゾクする。これぞ、我が根っからの英雄たる証しと言えようなあ」

「な、何を言って……」

「分からずとも問題はない。貴様はここで終わるのだから」

ダリオは歌うように笑いながら、一歩一歩、テルギアとの距離を詰めていく。

「光栄に思うがいい。千の星霜を超えて蘇る大英雄。その姿を間近で目にして死ねるのだから」

もはや男は何の反応も示さない。

あと一歩で完全に息の根は止まるだろう。

だからダリオは軽い調子で歩みを進めようとするのだが――。

「ダメですよ、師匠」

「む」

右手を摑まれ、阻まれた。

ダリオはおもいっきり顔をしかめ、背後のシオンを睨み付ける。

「師に意見するとは、汝も偉くなったものだな。理由を述べよ」

「そんなの決まってますよ」

音もなく現れた弟子は朗らかに笑う。

その肩越しに、驚愕に目を見開いたレティシアが見えた。戦いを手早く終えて、そのままこちらにやってきたらしい。シオンはゆっくりとかぶりを振る。

「むやみやたらに敵の命を奪うなんて、そんなの英雄らしくありません。だから止めます」

「はっ、汝が敵を生かしたのもそんな理由か。ずいぶんと甘っちょろいものだな」

「あはは、そうかもしれませんね。でも……」

シオンは倒れた男を一瞥し、悪戯っぽく声をひそめる。

「敵は簡単に殺さず、生き恥を晒《さら》させる……師匠はこっちの方がお好みなんじゃないですか？」

「ふうむ」

ダリオは顎に手を当てて思案する。

正直言って雑魚の生死などどうでもよかった。その天秤が、弟子のせいで一気に傾く。

くるりときびすを返し、肩越しにニヤリと笑ってみせた。

「いいだろう、気に入った。今回は汝に免じて見逃してやろう」

「どうもありがとうございます」

軽く会釈して、シオンは気絶した男を縛り上げていく。

そのまま司法機関に突き出す気だろう。まあ、その方が多少は情報を引き出せるやもしれない。

なるようになるだろう。

それより、非常に気がかりなものがあった。ダリオは小さくため息をこぼす。

（しかし万象紋か……まさか、また目にすることになるとはなあ）

千年前にすべての書類を焼いたし、関わった者の口はまとめて封じた。

徹底的にやったと思っていたのに……どうやら漏れがあったようだ。

ダリオは空を睨む。

（万象紋は自然に生まれるものではない。幾多もの神紋手術の果てに編み出された、悪魔の技術
……レティシアにあの力を付与した愚か者が、この世界のどこかにいるはずだ）

当初、ダリオはただのおまけとして、シオンの活躍を見守るつもりだった。

だが万象紋がこの世に存在するとなると……まったく話が違ってくる。

口の端をさらに持ち上げて、まだ見ぬ敵へとありったけの憎悪を燃え滾《たぎ》らせる。

「絶対に許さない。必ずや一匹残らず根絶やしにしてくれる。それが……私の姉様を奪った万象紋

への、正当な復讐だ」

　空が大きく震撼し、その殺気は世界中に伝播した。

　しかし、それはよほどの使い手でなければ察知できないほどの一瞬だった。

　もちろんシオンも気付いたらしい。

　男のことを担ぎ上げ、ダリオに気遣わしげな視線を送る。

「師匠、今の……」

「なあに、なんでもないわ」

　肩をすくめ、ダリオは軽い足取りで歩き出す。

　月が冴え冴えと輝く夜空を仰ぎ――満面の笑みを深めてみせた。

「それよりこれから忙しくなるぞ。汝にはもっともっと強くなってもらって、我の仇討ちを手伝ってもらうからな。くっくっく、まだまだ鍛えてやるとするか。腕が鳴るなあ」

「あはは……よろしくお願いしますよ、師匠」

　シオンはそれに苦笑で返した。

# エピローグ

その数日後。

シオンはダリオとともに、街の一角に位置するカフェテリアにいた。

気取った外観で大通りに面しており、出てくるメニューも洒落たもの。そんな日の当たるテラス席で、シオンは苦笑する。

「師匠、まだ食べるんですか？」

「ああ？　当然だろう」

横柄に答えながら、ダリオはショートケーキを頬張った。

テーブルいっぱいに並んでいるのはケーキやパイ、サンドイッチにホットドッグといった軽食だ。特大サイズのグラスになみなみと注がれたジュースを片手に、ダリオはそれらを次から次へと胃袋の中へと収めていく。

目をみはるような美少女がそんな暴飲暴食に励んでいるせいで、通行人や他の客たちがギョッとしたような視線を向けてくる。

しかし、シオンはすっかり慣れたものだ。

空になった皿を回収しつつ、ジュースのおかわりを注ぐ。

「実体化にかなりの魔力を消耗するから、栄養を取る必要があるってのは分かりましたけど。そんなに食べすぎて、お腹を壊しても知りませんからね」

「バカを言え。英雄がこの程度で腹を下すか」

シオンの心配をよそに、ダリオはからからと笑った。

しかしそうかと思えばにんまりと笑みを深め、フォークでケーキを切って「あーん」と差し出してくる。

「ほれほれ、そこまで物欲しそうに見るのなら、汝にも施しをくれてやろう。美少女の『あーん』だぞ、ありがたく受け取って――」

「いただきまーす」

「んなぁっ!?」

シオンは躊躇なく、そのフォークに食いついた。

もぐもぐと咀嚼していると、ダリオはつまらなそうに眉を寄せてみせる。

「むう。女慣れしておらぬ汝なら、絶対怖じ気付くと思ったのだが」

「残念ながらもう慣れました。師匠は師匠です」

「なんだつまらん。弟子が生意気で、我の心はしくしく痛むなあ」

ぶつぶつと文句をこぼしつつ、ダリオはケーキをぱくついていく。

それを見守りながらシオンはホッと胸をなで下ろした。

(慣れたとは言っても、やっぱり多少はドキドキするんだけどな……)

ずっと実体化し続けるのは疲れるらしく、今は一日三時間ほどが限度らしい。

たったそれだけで済んでいるので、シオンはかなり救われていた。師と一緒にいるのがけっして嫌なわけではないのだが、この通り非常に距離感が近いので心臓が誤作動を起こすのだ。

(相当気に入ってくれてるのは分かるから、弟子としては嬉しいけど……男としては複雑だよなあ)

シオンは苦笑をこぼしつつ、先ほど売店で買い求めた新聞を取り出す。一面に大きく飾られている記事をざっと読んで、ため息をこぼしてみせた。

「今日も一面トップですよ、デトワール悪霧事件」

「そりゃまあ、この街がまるごと被害を受けた大事件だ。当分は騒がれるだろうよ」

ダリオは平然と相槌を打つだけだ。

新聞に書かれているのは、先日このデトワールの街を襲った怪事件のことだ。

濃霧が街を覆い、すべての市民が気を失った。

幸いにしてみなすぐに意識を取り戻したため、大きな事故や火事に繋がることはなかったものの、全員がしばらくの間、神紋の力をうまく振るえなくなった。

大きな街なので、かなりの人々がその被害を受けてしまった。

相当なパニックとなり、他の町から多くの救助が駆けつけた。シオンも荷物運びや怪我人の手当てにあちこち走り回ったものである。

だがしかし、今ではほとんどの人がその後遺症から立ち直っていた。

街は元の活気を取り戻し始めており、通りを歩く人々の顔もどこか明るい。

そんな光景にほっとしていたシオンだが——往来を行く人々が、自分を見てこそこそと言葉を交わしていることに気付いてしまう。

「あっ、あそこにいるのって無神紋のシオンじゃね？」

「本当だ……！　すげえよな、神紋もないのに魔法が使えるんだろ」

「噂じゃ、悪霧事件の犯人を捕まえたのもあいつだって聞くぞ」

遠巻きに興味津々の眼差しを送るギャラリーたち。

それを一瞥して、ダリオは鼻を鳴らして笑う。

「やはり噂というのは侮れんな。もう街に汝のことが広まっているようだ」

「あはは……でもよかったです。レティシアのことは噂になっていないみたいですし」

シオンは新聞をぱらぱらとめくる。そこには悪霧事件の顚末が簡単に書かれていた。

悪霧事件の犯人は、とある冒険者の手によって捕縛された。犯人は捜査に非常に協力的で、逃走の恐れもなく、ギルドにて軟禁の上、現在も取り調べが行われている。

しかし、紙面では犯人の名前とその能力は、完全に伏せられていた。

ダリオは悪戯っぽくニヤリと笑う。

「レティシアのことが心配ではないのか。ここしばらくは面会もできていないだろ」

「大丈夫ですよ、フレイさんが『悪いようにはしない』って約束してくれましたし」

レティシアは覚悟をもって、まずはフレイにすべての事情を打ち明けた。

彼は驚きつつもその事実を受け止めて、レティシアの身柄を預かり、現在もデトワールのギルド支部長と対応を協議してくれている。

扱いは完全に犯罪者だ。だがしかし、シオンは何の心配もしていなかった。

「レティシアなら心配いりません。あれだけしっかり決意したんですから」

フレイたちとの話し合いや、迷惑をかけてしまった老夫婦への謝罪。

シオンはその両方に付き添って、レティシアが自分の口で説明し、きちんと頭を下げる姿を間近で見守ったのだ。

老夫婦は事件の後レティシアの姿が消えて、ずっと心配していたのだという。

あの事件を引き起こしたのがレティシアだと知っても、どこか予想していたのか特に驚くこともなかった。

『またいつでも帰っておいで。ここもあなたの家なんだからね』

『は、はい……！』

笑顔でそう言ってくれた老夫婦に、レティシアは涙を浮かべながら頭を下げていた。

だからこそ、彼女なら大丈夫だと確信があった。

そう言うと、ダリオはくつくつと笑う。

「そうかそうか。ふふん、我が弟子は女を見る目があるなあ」

「ってことは、師匠も同じ意見なんですね」

「もちろん。あの娘、なかなか肝が据わっているではないか。気に入ったぞ」

ダリオは上機嫌でケーキをぱくつく。師が人を褒めるなどめったにない。シオンは思わず相好を崩してしまうものの、別の気がかりがひとつあった。師の顔をそっとのぞき込み、小さな声で問う。

「それより俺は師匠の方が気がかりです。あの夜の殺気、何か思うところでもあったんですか？」

「……」

その瞬間、あれだけ素早く動いていたフォークがぴたりと止まった。

ダリオはつまらなそうに鼻を鳴らす。

「ふん、それはまたおいおい説明してやろう。そんなことより早く給仕を呼べ。次はまたケーキを全種、三個ずつだ」

「はいはい。分かりましたよ」

シオンは言われた通りに注文を通す。

そんな弟子を横目に、ダリオはムスッとした顔のままケーキをぱくついていく。そのスピードがすこしだけ速まったことに気付いたものの、シオンは指摘しなかった。

(今話す気はないってことか……まあ、また機嫌のいいときを見計らって聞くかな。万象紋についても、まだ何か知ってるみたいだし)

あの夜に感じた苛烈な殺気は、この世の物とは思えないほどどす黒いものだった。

ダリオがそこまで憎悪を燃やすとなると、きっと件《くだん》の聖紋教会や彼女の姉にまつわることなのだろう。万象紋についても、詳しくは教えてもらえずにいる。

しばし師弟は無言のままで時間を潰す。

しかし、その気まずいひとときは、明るい声で中断された。

「シオンくん!」

「へ……レティシア! それにフレイさんまで!」

「やあ、シオン」

見れば大通りから、レティシアとフレイが歩いてくるところだった。

ふたりとも数日前に会ったときと変わらず、むしろレティシアの方は以前よりずっと顔色が明るくなっている。

フレイはダリオに目をとめて、にこやかに頭を下げる。

「あなたがシオンの師匠だな。どうも初めまして、フレイ・レオンハートと申す者だ」

「うむ、ダリ……いや、ダンダリオンという。それにしても、驚きはしないのだな? 無神紋の無能をあそこまで鍛え上げたのが、こーんな奇跡の美少女だというのに」

「対面すれば、相手の力量はある程度分かるのでね。実際にお目にかかって、むしろ納得したくらいだ」

「うはは、それでいてなお深く詮索はしないか。いいぞ、長生きするタイプだ」

にこやかに言葉を交わすふたり。

そんな中、シオンは席を立ってレティシアに駆け寄る。

ダリオにはああ言ったが、少しは気をもんでいたのだ。

「レティシア、大丈夫？　体の調子はなんともない？」

「平気です。あれから力も使っていませんし……健康そのものです」

「そっか……元気そうでよかったよ」

「はい。おかげさまで」

レティシアはふんわりと微笑んでみせた。

シオンの手をそっと取って、両手で包み込むようにして握る。

「これも全部、シオンくんが背中を押してくださったおかげです。本当に、ありがとうございました」

「そんなことないよ。レティシアが勇気を出したからじゃないか」

シオンはそんな彼女に笑いかける。

依然として記憶は戻らないし、謎の力を有したまま。それでも気掛かりがひとつ解消されたことで、心の重荷がかなり減ったようだった。

そのことが晴れやかな笑顔と、繋いだ手からじんわりと伝わる。

助けとなれたことがとても誇らしくはあったが……シオンは眉を寄せてしまう。

「でも、外に出てよかったの？　一応レティシア、事件の容疑者とかそんな扱いになるんじゃ……」

「は、はい……そのことなんですけど」

「それは私の方から説明しよう。そのために来たんだからな」

レティシアが言葉に詰まると、フレイが軽く指を鳴らしてみせた。

その瞬間、四人を取り巻く熱風の壁が築かれる。

ここから先の話を外に漏らさないような配慮だろう。壁の向こう側の景色は蜃気楼のように歪んでいて、これなら外からこちらの唇の動きを読むのも難しいはずだ。

四人が椅子に腰掛けてから、フレイは静かに切り出した。

「ひとまず、悪霧事件。あれは事故ということになった」

「事故……ですか」

「ああ。被害自体はそれなりに大きいが、甚大というほどでもない。レティシアの話を聞けば最初の村一つが巻き込まれた事例は意図せぬ事故だし、あとの細々した事件も自衛のうちと十分判断できるようなものだった」

そこまで言って、フレイはレティシアのことをちらりと見やる。

「だが、この件で問題なのは起こった現象より、彼女の持つ万象紋なる力のことだ。こんな力……私はこれまで聞いたこともなかった」

「ふむ、そうか」

ダリオがそれに軽い相槌を打つ。

フレイは万象紋について様々な書物を当たったものの、まともな手がかりは何一つとして見つからなかった。『そういう力が存在する』というのは都市伝説のようにまことしやかに語られていたが、まともに信じる者は誰もいなかった。

「その上、刺客を差し向けたのがどこの誰かも判然としない。手がかりはゼロだ」

「まったく、ギルドとやらも平和ボケしているようだな。せっかく我らが捕らえた手がかりをみすみす消されるなど」

「ちょ、ちょっと師匠！　あの一件はフレイさんのせいじゃないですよ！」

「……いや、かまわん。完全にあれはうちの落ち度だった」

レティシアを襲ったふたり組は、一度は投獄された。

しかしその翌日、ふたりとも忽然と姿を消したのだ。シオンも捜索にかり出されたものの、気配は街外れの森の中でぷっつりと途切れていた。そして、そこにはかすかな血痕が残されていて――。

フレイはため息をこぼし、切り替えるようにしてかぶりを振る。

「ともかく、裏で何かが動いているのは確実だ。よって、この事件は秘密裏に処理することが決定された。レティシアの名前も公表は避ける。明確な真相を知るのは、この場の四人と、この街のギルド支部長。今はこの五人だけだ」

「お爺さんお婆さんだけじゃなくて、迷惑をかけたすべての人に謝って回ろうと思ったんですが……危ないからダメだって言われちゃいました」

「まあ確かに、あんな力を持ってるなんて大勢に知られちゃマズいよね……」

最悪、社会的なパニックを引き起こしかねない。

一般市民は戦々恐々とするだろうし、ゴルディスのような悪人たちにとってはいいカモだ。

フレイも強くうなずき、続ける。

「必要なのは、犯人である彼女を断罪することではない。次なる被害を防ぎ、悪しき者の手に落ちぬよう守ることだ」

「じゃあ、レティシアは今後どうなるんですか？」

「当面はギルドの監視下に置かれるだろうな。多少の不自由を強いることにはなるが、その引き換えとしてこちらで身元の照会をしよう。彼女がどこの誰か分かるかもしれん」

ただ、監視下に置くと言っても軟禁まではいかないらしい。

それを聞いてシオンはほっとため息をこぼす。

「それじゃ、こうして外を歩くのも大丈夫なんだ」

「はい。牢屋も覚悟の上でしたけど……この街のギルド支部長さんも味方してくださったんです。本当に、優しい人に恵まれています」

「そっか、よかった……」

レティシアが屈託なく笑うので、シオンの胸はほんのりと温かくなった。

改めて、フレイに向き直って頭を下げる。

「本当にありがとうございます、フレイさん。レティシアの力になってくれただけじゃなく、わざわざ報告に来てくれるなんて」

「いや、何。ついでに用事もあったしな」

「用事ですか？」

「ああ。おまえにしか頼めない仕事を持ってきた」

そう言って、フレイはいつぞやのように懐から一枚の紙を取り出す。

それはこのあたりの地図だ。かなり広範囲を網羅したもので、デトワールの街が小指の先ほどのサイズしかない。そこから遠く離れた山岳地帯を指し示し、フレイはにこやかに告げる。

「レティシアを連れて、この場所に向かってくれ」

「……はい？」

「詳細は後で説明するが、万象紋とやらに詳しい人物がここにいるらしいんだ」

意味が分からず目を瞬かせるシオンに、フレイは平然と続けた。

「こんな厄介な力だろう、あまり大っぴらに調査するわけにもいかん。最悪、ギルドの身内が関係している可能性もあるし……そういうわけで、少数精鋭だ。レティシアの力の調査と護衛、すべて合わせておまえに頼みたい」

「いやいやいや!? 俺はかまいませんけど……そんな重要な仕事、フレイさんみたいな高ランクの人がやるべきなんじゃないんですか!?」

シオンはつい先日、Fランクに昇格したばかりだ。

レティシアの力になれるのは嬉しいが、こんな大それた仕事が新米にふさわしいとはとても思えなかった。しかしフレイは皮肉げな笑みを口の端に浮かべ、肩をすくめてみせる。

「まったくその通りなのだがな、これはおまえ以外に適任がいないんだ」

「と、言いますと……?」

「暴発の可能性を考えると、彼女に同行するのは万象紋の影響を受けず、なおかつある程度の戦力を有した者がふさわしい。つまりおまえだ、シオン」

「わはは。本当に、我が弟子に来るべくして回ってきた仕事だな」

「あうう……す、すみません」

からからと笑うダリオとは対照的に、レティシアは小さくなるばかりだった。

たしかにそう説明されれば、この任務を受けられるのはシオンだけだ。

こっそりとダリオに相談する。

（どうします？　師匠、ぶっちゃけ万象紋のことお詳しいですよね。その場所に行って話を聞いても無駄なんじゃ……）

（なに、現代の知識を得るのは必要だ。行こう）

（たしかにそうですね。分かりました）

シオンはうつむくレティシアの手をそっと取る。

「それじゃ……またよろしくね。レティシア」

「いいんですか……？」

「もちろん。言ったろ、きみの力になりたいって」

不安そうに揺れる瞳をのぞき込み、からりと笑う。

「一緒に探しに行こう。きみが誰なのか、その力が何なのか。ふたりなら、きっとすぐに見つかるはずだよ」

「……はい。よろしくお願いします、シオンくん」

レティシアはふんわりと笑い、シオンの手をぎゅっと握り返した。

そんなふたりを横目に、ダリオは地図をひらひらさせる。

「まあ、我も付き合ってやろうではないか。しかし黒刃の谷、か」

「ダンダリオン殿はこの場所をご存じなので？」

「ああ。知人がここに住んでいたはずだ」

「……まさかとは思うが、竜に知り合いが？」

「くっくっく……さあな」

訝しむフレイにそれ以上答えることもなく、ダリオはくつくつと笑ってみせた。

シオンは目を丸くする。

「竜？　ここってドラゴンがいるんですか？」

「ああ。ドラゴンだけでなく数多くの竜人族が暮らす場所なのだが……どうも最近きな臭い噂を聞く。くれぐれも気を付けろよ」

「噂？」

「ああ、なんでも千年前に封じられた邪竜が復活したとかなんとか」

「邪竜って……まさか、邪竜ヴァールブレイム!?　あの賢者ダリオが戦った!?」

「その通りだが……ああ、そういえばおまえは賢者ダリオの伝説が好きだったな」

ほのぼのと笑うフレイである。当のダリオ本人がしれっと現世に復活し、目の前でケーキをむさぼり食っているなんて思いもしないのだろう。

そしてシオンはシオンで、心の炎がメラメラと燃え上がっていた。

(伝説の邪竜と戦えるかもしれないなんて……！　ますます師匠に……英雄に近付くチャンスじゃないか！)

先日戦った神竜や襲撃者など比べものにならない伝説級の強敵だ。

「邪竜さんですか……なんだか怖いですね」

「大丈夫だよ、レティシア」

青い顔をするレティシアの肩をぽんっと叩き、シオンは満面の笑みで告げる。

「邪竜が出たって俺がちゃんときみを守るから。だから何にも心配しないで」

「シオンくん、ひょっとして邪竜さんに会うのが楽しみなんですか……？」

「えっ、そ、そんなことないよ！　うん！」

「本当ですか？　私が言うのもおかしいですけど……あんまり危ないことはしちゃダメですからね？」

「う、うん。分かった」

真剣な顔で迫るレティシアに、おもわずこくこくとうなずいてしまう。

しかしシオンはぴんっと人差し指を立てて――。

「でも……たまたま出くわしたら、ちょっと戦ってみてもいいかな？　ほんの三分だけでもいいから！」

「ダメですよ！　フレイさんやお師匠さんも止めてください！」

「いや、シオンなら大丈夫だと思うがなあ」

「くくく、むしろその意気やよし。邪竜のやつに目に物見せてやれ、我が弟子よ！」

「はい！　師匠！」

「だから、危ないことはダメですってば！」

元気よく返事をしたシオンに、レティシアは真っ赤な顔で叫んでみせた。

# 番外編　幻の果物を求めて

フレイから話をもらった次の日、シオンはひとりで街へ繰り出していた。

次の目的地である黒刃の谷までおよそ徒歩で十日の距離だ。辺鄙な地方であるため街道はまともに整備されていないと聞くし、野営の装備や詳細な地図……準備を整えるに越したことはなかった。

おまけにレティシアはまだギルドで取り調べがあるということだったので、すこし時間を潰す必要があったのだ。

しかしその何気ない買い物が、とんだ騒動に発展することとなる。

きっかけは両手の荷物がいっぱいになったころ、ダリオがぽつりとつぶやいた一言だった。

【ふむ、やはりどこにもアレはないか】

「あれ……ですか？」

シオンは声をひそめて魔剣の中にいる師に尋ねる。

以前までは威厳に溢れた男性のものとして聞こえていた師の声も、その正体を知ってからはちゃんと美少女モードで聞こえるようになっていた。シオンの持つイメージが上書きされた結果らしい。

それはともかく、ダリオは【うむ】と相槌を打つ。

【我が生きていたころ、よく口にした果物があってな。それがどの店にも見当たらんのだ】

「へえ。なんて果物なんです？」

【フロイデの実という赤い果実だ】

「ふろ……聞いたことないですね」

【だろうなあ】

首をかしげるシオンに、ダリオは気の抜けたような声を上げる。

【千年も昔の果物だ。それだけあれば魔物でなくとも形態やら名前が変わるだろう。もしくは絶滅したかだな】

「いやでも、諦めちゃダメですって。探せばあるかもしれませんよ、青果店を見てみましょう」

【我はかまわんが……この調子ならおそらく無駄だと思うぞ？】

呆れたような師匠を伴って、シオンはそれからあちこちの店を回った。

しかしダリオの言う通り、どの店にもフロイデの実は置いておらず、名前を知っている人物さえも見つからなかった。どうやら完全に市場から姿を消してしまっているらしい。

「すみません、師匠……お力になれず申し訳ないです」

【なあに、気にするな。すこし懐かしくなっただけだ】

そう言ってダリオはからからと笑ってみせた。

それがあまりにあっさりした反応だったので、シオンは密かに決意を固めたのだ。

「……？」

「なあに、問題ない。我がそばで教えてやろう」

「わあ、それなら安心ですね。よろしくお願いします、お師匠さん！」

「うむ。では行くぞ、シオン。宿の厨房を借りてジャム作りと洒落込むとしよう」

「はい！　俺も手伝います！」

三人並んで宿へと向かい、ダリオが剣に戻るタイムリミットギリギリまでジャム作りに没頭した。

そしてそれからしばらくの後、怠惰な生活を送っていたクリス一行は心を入れ替えて数多くの手柄を挙げて、デトワールの街でも有数の有名パーティへと成長するのだが――彼がシオンのことを偉大な恩人として吹聴して回ったせいで、シオンの名がさらに広まることになったのは言うまでもない。

(なんとかして師匠に食べさせてあげたいよな……)


次の日、シオンは街から少し離れた森にやって来ていた。

目の前に大きな口を開けているのは、巨大なダンジョンの入り口。

片手に持つのは、昨日こっそり買い求めた植物図鑑。

「よし、今日は宝探しだ！」

肩をぐるぐる回して気合いは十分。

しかしそんなシオンを前にしても、腰の魔剣はうんともすんとも言わなかった。

当然である。今日は中身が留守にしているのだから。

静かな魔剣を掲げ、シオンはしみじみと嘆息する。

「本体からある程度離れても実体化できるなんて便利な人だよなあ。いや、この場合は魔剣のおかげなのかも……？」

ダリオは実体化してレティシアとともに街へ出かけている。

女性同士、息抜きに出かけてはどうかとシオンがそれとなく提案したのだ。

正直、レティシアによからぬことを吹き込んだりしないか不安ではあったが、背に腹は代えられない。

「師匠が実体化できるのは夕暮れまでか……それまでに何としてでもフロイデの実を見つけて帰ら

なきゃ」

植物図鑑をめくり、端を折ったページを開く。

そこにはなんとダリオの言っていたフロイデの実が掲載されていた。小指ほどの大きさで、イチゴとリンゴの間のような真っ赤な果実だ。どうやら現存する植物らしい。この地方でも目にすることが可能のようだが――。

「『洞窟などの暗所に自生するものの、目撃例は極めて稀』……か」

街の青果店をいくら探しても見つからないはずだ。

だがしかし、この情報はシオンにとって希望そのものだった。

「どこかにあるなら、虱潰しに探せばいい。今日が無理でも、いつかきっと見つかるはずだ」

地道な作業は得意だし、根気もある方だ。だてに何万年という無茶な修行を終えていない。

瞳に闘志の炎を宿し、シオンは洞窟へと足を踏み入れる。街で聞いたところによると、ここが近場で一番大きいダンジョンらしい。

「よし。まずはこの洞窟から――」

「おい、そこのガキ」

「へ」

しかし、そこで背後から声をかけられた。

足を止めて振り返れば、見知らぬ冒険者が立っている。

年の頃は二十代後半。人間の青年だ。それなりにハンサムだが、皮肉げな笑みを浮かべていてとっつきにくい印象を与える。そんな彼を取り巻くようにして、同じく冒険者らしき三名の女性たちが後ろに控えていた。

男はシオンのことをジロジロと見つめ、小馬鹿にするように鼻を鳴らす。

「その年なら新米だろ、まさかひとりでそのダンジョンに入るつもりか？」

「あ、はい。そうですけど……何かまずかったですかね？」

先日、シオンはめでたくFランク試験に合格した。この資格があれば、ひとりでダンジョンに挑むことも許可されるはず。

そう説明すると、彼は噴き出すようにして笑うのだ。

「ははは！　その年でFランクに合格する腕前はたいしたもんだが……あまりに物を知らなすぎる！　そんな呑気なことじゃ、このダンジョンのモンスターに食い殺されるのがオチだぜ」

「ひょっとして、ここって強いモンスターが出るんですか？」

「ああ。この近隣じゃ五本の指に入るほどの難所だな。まあ、このクリス様には楽勝なんだが」

そう言って、彼は誇るようにして腰の剣を示してみせた。それなりに使い込まれているところを見るに、口ばかりではないらしい。

「もしよかったら俺たちと一緒に来るか？　冒険者の心得ってやつを勉強させてやるよ」

「もう、後輩に目をかけてあげるなんてクリス様ったらお優しいんだから！」

「そんなところも素敵……」

「はあ」

女性らは黄色い声を上げて男――クリスをもてはやす。いわゆるハーレムパーティというやつらしい。

親切な申し出ではあるものの、シオンには彼の目論見が読めていた。シオンをていよく利用して危険な仕事を押し付けるつもりだろう。

しかし、そうだとしても彼の申し出は好条件だ。

（たしかに、俺にはまだ経験が足りてない。たまには師匠以外の人から学ぶのもいいかもしれないな）

シオンの目的はフロイデの実だ。そのついでに勉強できるなら願ったり叶ったりである。

だからシオンはクリスに軽く頭を下げてみせた。

「それじゃ……もしよろしければ、ご一緒させていただいても構いませんか？」

「もちろんだ。だが、足手まといになるようなら置いていくからそのつもりでな」

「はい！　シオンといいます、よろしくお願いします！」

かくしてシオンはクリス一行に加わることとなった。

洞窟の中に入れば、凍えるほどの冷気と湿っぽい臭いが充満していた。それに加え、大小様々な気配がいたるところに感じられる。

ゴツゴツした隧道《ずいどう》を進みながら、シオンは思わず声を上げてしまう。

「えっ、クリスさんってEランクなんですか!?」

「そうだとも。この前試験に合格したところだ」

そう言って、クリスは懐から得意げに証書を出してみせた。

つまり彼はシオンよりワンランク上の冒険者ということになる。

「すごいです……！　そうなるとやっぱり、クリスさんの目標はここのダンジョンのボス制覇ですか？」

ダンジョンの奥にはボスが付き物だ。倒されても時間が経てばダンジョンに溜まったマナから復活する。ボスを倒すとそのダンジョンを踏破したことになり、冒険者の戦績として数えられることも多い。多くの者にとっての、冒険の最終目標だ。

しかし、クリスはやれやれと肩をすくめるのだ。

「まさか。入り口付近で手頃なモンスターを倒したらとっととずらかるつもりだ」

「そ、そうなんですか？　でも、Eランクならもっと奥まで行けるんじゃ……」

「行けることには行けるだろうが、そんなことしても無駄に疲れるだけだろ。金には困ってないしな」

平然と言う彼の装備は、たしかにどれも上等なものだ。連れの女性陣もきらびやかなアクセサリーを身に着けているし、懐具合がいいのは確からしい。

「Eランクに上がったおかげで、楽な護衛の仕事でもかなりの報酬が入るようになったんだ。それなりの依頼をこなすだけで、女と遊んで暮らせる金が手に入る。なら、あくせく努力するより人生楽しまないと損だろ？」

「なるほど……そういう考え方もあるんですね」

シオンはしみじみとうなずく。

Fランクから Eランクへの昇格は狭き門である。そこを突破するだけの実力ある冒険者は重用され、名指しで依頼を受ける者もいると聞く。

(世の中いろんな人がいるんだなあ……俺だったら、たぶんそれだけじゃ満足できないだろうけど)

そんなことをぼんやりと考えた、そのときだ。

ちょうど開けた場所に差し掛かり、一行の行く手に一匹のモンスターが立ちはだかった。

「お、さっそく出たな」

「ギュギュッ！」

紫色のスライムだ。大きさはシオンの背丈ほどもあってかなり大きい。

跳ねて威嚇するスライムを、クリスは顎で示してみせる。

「まずはお手並み拝見といくか。おい、シオン。ちょっくらあいつと戦ってみろ」

「あ、倒せばいいんですか？」

「そこまでは要求しねえさ。こいつは見た目はこんなだが……てやぁっ!!」

クリスは素早く剣を抜き放ち、スライムに一閃を叩き込む。

しかし少し表面が凹んだだけで、それもすぐに元どおりに戻ってしまう。まともなダメージを与えられたようには見えなかった。

「この通り、物理攻撃がほとんど通用しない。素人の登竜門ってところだな」

「なるほど……じゃあ魔法で倒せばいいんですね」

敵に応じて対応を変える。たしかに大事なことだ。

目を輝かせてうなずくシオンに、クリスはやれやれと肩をすくめてみせる。

「そんなことも知らねえのか。使えね……ああいや、俺の引き立て役にはもってこいか。よし、行ってこい！　ピンチになったら俺様が颯爽と助けてやるからよ！」

「はい！　わかりました！」

「きゃーっ！　クリス様カッコいいー！」

きゃっきゃと盛り上がる一行に背を向けて、シオンはスライムへと向かう。ひとまず火炎魔法を撃ってみるかと呪文を唱えかけるのだが、ふとした疑問が脳裏をよぎった。

(あれ、でもこんな狭い場所で魔法なんか使ったら危なくないか……？)

神竜と戦ったあの一件で、自分の魔法の威力はよーく理解した。下手を打つと落盤事故につながりかねない。自分ひとりならどうとでもなるが、今回はクリスたちもいることだし、さあどうするか。

　しばし考えた末に――シオンはスライムにデコピンしてみた。

「えーっと……えいっ」

「ピギョッ!?」

「は!?」

　ぱちん、と軽い手応えとともに紫スライムが爆散した。

　体液がびちゃびちゃとあたりに散らばり、背後ではしゃいでいたクリスたちが水を打ったように静まり返る。唖然とした一同を振り返り、シオンはニコニコと笑う。

「物理攻撃でも意外となんとかなるもんですねえ。あ、このスライムどうします？　たしかスライム種の体液ってギルドで買い取ってもらえるはずですよね」

「へ……あ、ああ……」

「分かりました！　それじゃ水の魔法でちょちょいっと」

　シオンが預かった瓶に体液を漏らさず収めるのを、クリスたちはぽかんと目を丸くしたままで見守った。

　一行の冒険は快調なスタートを切ったのだった。

　ダンジョンはシオンが事前に聞いていたとおり、かなりの広さを誇っていた。そればかりかモンスターの数も多く、ダンジョンに付き物のトラップもいたるところで発見された。

いわゆるオーソドックスなダンジョンだ。

そして、だからこそシオンの闘志はメラメラと燃え上がった。

「すごい……！　これこそが俺の求めていた冒険じゃないか！」

ラギや他のパーティに所属していたころは、こうした探索に随行しても荷物係を押し付けられるのが常だった。後方からパーティを追いかけるのに必死で、冒険らしい冒険なんて一切経験できなかった。

それが今や見知らぬパーティとチームを組んで、ダンジョンに潜ってモンスターと戦っている。

ダリオの本を読んで以来ずっと夢想していた舞台に立っていることをひしひしと感じ、有り体に言えばテンションが上がりに上がった。

クリス一行とともにダンジョンを進み、シオンは破竹の勢いで活躍した。

「あっ、みなさん下がってください！　この程度なら俺が一撃で……はい！　終わりました！」

「今の、このダンジョンの中ボスだったんだが!?」

紫スライムを倒してしばらく行った先、大きなオークが現れたときもサクッと倒して絶叫されたり。

「ふう、びっくりした。クリスさんたちにお怪我はありませんか？」

「いやいやいや!?　シオンおまえ、岩の下敷きになったはずだろ!?　なんで無傷なんだよ!?」

「ちょっと人より丈夫なので。あれくらいなら平気です！」

巨大な岩が転がってくるオーソドックスなトラップに襲われたときも、率先して矢面に立ってメンバーを守ったり。

「おっと。気を付けてくださいね、このあたり足場が悪いので」

「は、はい……♡」

足を滑らせかけた女性メンバーを颯爽と助けてぽーっとされたり。

とにかく様々な局面で全力を賭した。結果――。

「おまえがFランクなんて嘘だろ!?」

「えっ、なんでですか？」

すんなりとたどり着いたダンジョンの最下層手前で、クリスが裏返ったような悲鳴を上げた。

それにシオンはきょとんとするしかない。

一方で、女性陣はシオンを取り囲みきゃっきゃと黄色い声を上げるのだ。

「ほんとに不思議な子よねえ。思った以上にやるじゃない！」

「ねえ、ボク。お姉さんたちと今度一緒に遊ばない？」

「い、いえ、そういうのはちょっと……俺、一応好きな子がいるんで」

「やあーん♡　身持ちが堅いところもポイント高いわ♡」

「えええ……」

彼女らはすっかりシオンに首ったけで、たじたじになるしかない。

（師匠がいたら『英雄色を好むと言うし、こういう経験も大事だぞ。我のお薦めは一番乳のでかい右の娘だな』とか言うんだろうなあ……）

そんなことを満面の笑みで言ってのけるダリオがまざまざと脳内再生されて、シオンは遠い目をするばかりだった。

おまけにその空想のせいで大事なことを思い出し、ため息をこぼしてしまう。

（師匠の言ってたフロイデの実、結局見つからなかったなあ……）

ダンジョンをくまなく探したが、ここに来るまでそれらしき果物の一つも見つけられなかった。冒険するという夢こそ叶ったが、これでは来た意味がない。

「ちっ……ほんとに何だっていうんだよ」

ガックリと肩を落とすシオンのことを、クリスは訝しげな目で睨むのだ。

手柄を横取りされた上、ハーレム要員を奪われたとあれば面白くないのは当然だろう。

嫌みったらしく舌打ちし、シオンにあからさまな敵意を飛ばす。

「それだけ強けりゃ、わざわざこんなダンジョンに潜ってあくせく働く必要なんてないだろ。金持ちの護衛だけで十分稼げる。なんでこんな場所にいるんだよ」

「まあ、お金を稼ぐには十分かもしれませんけど……ちょっと欲しいものがあって」

「欲しいものだあ？」

「はい。フロイデの実っていう、こんな果物なんですけど……」

シオンは手短に果物の特徴を説明する。

するとクリスたちは顔を見合わせてみせた。

「それならたしか、ここのボス部屋で見た気がするな……」

「そうねえ。前に一回のぞいたわよね」

「本当ですか!?」

シオンはパッと顔を輝かせる。思ってもみない朗報だった。

「それなら俺、ボスのところまで行ってきます」

「ま、待てって！　ここのボスはかなりの難敵だぞ！　いくらおまえでも歯が立つかどうか……！」

「それに、シオンくんの探してる実かどうか保証はできないわ。やめといた方がいいわよ」

「でも、可能性があるなら賭けてみます」

心配して引き留める一同に、シオンは満面の笑みを返してみせた。

軽い足取りでボスのいるであろう場所を目指して歩き出し、ふとクリスを振り返る。

「今回は欲しいものがあったからここまで来ましたけど……それがなくても、俺はダンジョンに潜ったと思います」

「何……？」

「俺はずっと、こんな冒険に憧れていたんです。仲間とモンスターに立ち向かったり、助け合ったり……今日それが叶って、想像以上に楽しかったです」

「……金や名声は二の次ってことかよ」

「あるにこしたことありませんけど……冒険の方が大事ですね」

シオンは大真面目にうなずいてみせる。

クリスらの生き方もひとつの生き方だ。だが、シオンはそこで立ち止まれない。

「せっかく人生一度きりなんですから。自分がどこまでやれるか試してみたいじゃないですか。だから俺はまだ立ち止まるわけにはいきません」

「自分がどこまでやれるか、か……」

クリスは眉を寄せて黙り込む。他の女性らも神妙な面持ちで目配せし合った。

沈黙が場を満たし、シオンはハッとする。

「あっ、すみません。若輩者が生意気なこと言っちゃって……今日はご一緒できて本当に嬉しかったです！　みなさんはボスには挑まないって言ってましたし、ここでお別れですね！　それじゃあまた！」

「お、おい！　シオン!?」

クリスが呼び止めるのにもかまわず、シオンはまっすぐボスのもとまで駆け出した。

かくして最終決戦と相成った。

ボスがいたのはダンジョン最下層の巨大な洞だ。あたりには大きな魔物の骨がゴロゴロと転がっていて、ひどい臭気に満ちている。そんな中を縦横無尽に駆けながら、シオンは「うーん」と唸るしかない。

「どうも決定打に欠けるなあ……」

「シャ―――ッ！」

シオンを追いかけるのは三つ首の大蛇だった。

見上げんばかりの巨体をくねらせ、凄まじい勢いで肉薄する。

この図体でなかなかすばしっこい上に、こちらが攻勢に転じるのを素早く察知して身を引く賢さも有していた。

ヘビは獲物の体温を感知する器官が非常に優れている、というのをその昔本で読んだことがある。それが首三つ分備わっているのだから、たしかに厄介な相手だ。

（ひとりで挑んだせいで余計に向こうの隙が見当たらないし……大技をぶちかましたら、せっかく見つけたフロイデの実を無駄にしちゃうし……うーん、どうしたもんだかな）

洞の最奥、大蛇の寝床にはいくつもの植物が生えており、中にはシオンの探し求めるフロイデの実――らしきものが見えていた。

さあどう出るか、と考えあぐねていたところで――。

「でりゃあああ！」

「ビャッ!?」

「へ？」

裂帛の一声とともに、大蛇が悲鳴を上げる。

見れば洞の入り口にクリスたちが立っていた。

「く、クリスさん!?　他のみなさんも！」

「こいつに追いかけられて五体満足とか、やっぱりおまえただ者じゃねえな……」

呆れたように笑いながらも、彼は剣を構えて大蛇に向かう。

連れの女性たちも、このダンジョンに来て初めて各々の武器を手にしていた。

目をみはるシオンに、クリスは自嘲気味に笑う。

「おまえに言われて思い出したんだよ。俺たちも昔はおまえみたいに、冒険に憧れていたってな。いつの間にかぬるま湯に慣れてあの頃の気持ちを忘れちまってた」

「ちょっと怖いけど……加勢させてもらうわ！」

「みなさん……！　ありがとうございます！」

敵が増えたせいか、大蛇がますます殺気立った。

しかしシオンの闘志は燃え上がる。

「それじゃ、ボスの気を逸らしてください！　その隙に片付けます！」

「おうとも！」

クリスたちが一斉攻撃を放ち、大蛇の注意がそちらに向いたその瞬間。

シオンの渾身《こんしん》のひと太刀が炸裂し、三つの首が同時に断ち切られた。

それから一時間後。

「えええっ!?　こんなにいただけませんよ!?」

「何を言うんだ、ほとんどおまえひとりで稼いだものだろ」

シオンとクリス一行は、街の冒険者ギルド前で押し問答をしていた。

ダンジョンボスを倒し、その素材を換金してもらったのだが、その九割近くをクリスが押しつけてきたのだ。

ボスの巣を漁った結果、シオンは籠いっぱいのフロイデの実を手に入れている。

だから報酬など別になくてもかまわないのだが……クリスは譲らず、結局ずっしりと重い革袋をそのまま受け取ることになってしまった。

「今日はありがとな、おかげで目が覚めたよ。彼は憑き物が落ちたように晴れ晴れと笑う。俺たちもおまえを見習って……また真面目に、冒険の日々に戻るとするさ」

「また一緒にダンジョンに行きましょうね」

「シオンくんならいつでも歓迎よ！」

「はい！　そのときは是非よろしくお願いします！」

一同はシオンと握手を交わし、にこやかに去って行った。

彼らを見送って、シオンはほうっと吐息をこぼす。

「いい出会いだったなあ……これぞ冒険って感じだ」

「なーにをしみじみしているんだ、シオン」

「あ、師匠！　レティシアも！」

揶揄するような声に振り返れば、そこにはダリオとレティシアが立っていた。

レティシアには遠出の目的を話していたので、こそこそと話しかけてくる。

「お帰りなさい、シオンくん。どうでしたか？」

「もちろんバッチリだよ」

「いったい何の話だ？」

「へへ、師匠に今日はプレゼントがあるんです」

首をかしげるダリオに、シオンは籠いっぱいのフロイデの実を差し出してみせた。

「じゃーん！　見てください、フロイデの実です！」

「なっ……まさか汝、今日はこれを採りに行っていたのか」

「はい。師匠に喜んでもらいたくて」

「……ふうむ、なるほどなあ」

ダリオは嚙みしめるようにして何度もうなずく。

そうして――ニヤリと悪戯っぽく笑ってみせた。

「だったら汝が先にこいつを味見してみるがいい」

「ええっ!?　師匠のために採ってきたんですから、師匠が先に食べてくださいよ」

「つべこべ言うな。ほれ、あーん」

「あーん……？」

ダリオに押し切られ、口の中に小ぶりな実がひとつ放り込まれる。

それをもぐもぐと咀嚼した次の瞬間、シオンはカッと目を見開いて盛大に噎《む》せた。

「げっほがはごほげはっ……!?　す、酸っぱ苦エグ!?」

「だ、大丈夫ですか、シオンくん！」

「だーっはっはっは！　やっぱりクソマズいことを知らなかったか！」

ダリオは腹を抱えて笑い転げる。

苦しむシオンの背中をさすりながら、レティシアは不思議そうにバスケット山盛りの果実を見つめるのだ。

「こんなに綺麗な実なのに、美味しくないんですか？」

「うむ。だから誰も食わなくて、山に大量に残っていてな。我の生家は貧乏で、よくこれを採ってきてどうにか腹の足しにしようとしたものだ」

「そういう思い出の味なんですか!?」

そういえば『懐かしい』とは言っても『美味い』なんて一言も言わなかった気がする。

衝撃の事実が判明してしまった。シオンは頭を抱えるしかない。

「えええ……それじゃあ俺の頑張りはいったいなんだったんですか……？」

「くくく、まあそう気を落とすな。汝の師への忠義心、たしかに受け取ったぞ」

ダリオはくつくつと肩を震わせながら、フロイデの実を摘まんで目を細める。

「それに、こいつは工夫さえすれば食えるんだ。よく昔やったのが――」

「あ、そうです」

そこで、レティシアがぽんと手を打った。

バスケットを抱えてニコニコと言うことには――。

「せっかくシオンくんが採ってきてくださったんです。ジャムにするのはどうでしょう。お砂糖をたくさん入れて煮詰めれば、美味しく食べられるはずですよ」

「レティシア冴えてる！」

「……ジャム、か」

ダリオは目を丸くしてからふっと柔らかく微笑んでみせた。

「我もちょうどそれを言おうとしたんだ。さすがはレティシア、我の姉様と同じことを考えつくとはな」

「そ、そうなんですか？」

「ああ、姉様の作るジャムは格別だった。よければ作ってみてはくれないか？」

「もちろんです。あ、でも……お師匠さんのお姉様ほど、上手に作れる自信はありませんよ

# あとがき

どうも初めまして、ふか田さめたろうと申します。陸で暮らすさめです。

この度は拙作『魔剣の弟子は無能で最強！』をお手に取っていただきまして、まことにありがとうございます。

さめは他社様でも色々とお世話になっている身でして、可哀想な女の子をひたすら甘やかすラブコメ（ＰＡＳＨ！ブックス『婚約破棄された令嬢を拾った俺が、イケナイことを教え込む』）や、超鋭敏系主人公がヒロインの気持ちを察してぐいぐいいくラブコメ（ＧＡ文庫『やたらと察しのいい俺は、毒舌クーデレ美少女の小さなデレも見逃さずにぐいぐいいく』）などを現在書かせていただいております。「このさめ、さては変なラブコメばっか書いてるな？」とお気付きの方は正解です。

ここ最近はラブコメをメインに執筆していたため「たまには王道ストーリーを書くか！」と思い立ってＷＥＢ上で書き始めたのがこの作品になります。

そのとき読んでくださった皆様の応援のおかげで書籍化のお声がけをいただきました。本当にありがとうございます。

元々はシオンひとりで修行して強くなる話でしたが、掛け合いの相手がほしくて師匠ことダリオを足しました。この凸凹師弟のやり取りは書いていてたいへん楽しいので、正解だったと思います。本作は書籍化に際しましてWEB版から多くの加筆修正を行なっております。どちらも楽しんでいただければ、さめ冥利に尽きる次第です。

このあとがきを書いているのが二〇二一年の一月になりますが、依然として世間は新型コロナウイルスのせいで落ち着かない状態です。

そんな中、本書が少しでも皆様の息抜きになればたいへん嬉しく思います。

気楽に読めてくすっと笑える作品を目指しました。

本作はコミカライズ化も予定されております。コミカライズではどんな形でシオンの冒険が描かれるのか、さめも今から非常に楽しみです。

それでは最後に、書籍化のお話をくださいました担当のM様、お忙しい中シオンたちに命を吹き込んでくださいましたイラストレーターの植田亮先生、ならびに読者の皆様と、本書にお力添えいただいたすべての皆様に謝辞を。

さめ一匹の力では、本書をこうして皆様にお届けすることはできませんでした。

本当にありがとうございました。

また次回、二巻でお会いできるよう尽力いたします。さめでした。

ありがとうございます!
RYO 2021.2

タメ
ど真ん中!
— 1月刊 — 好評発売中!
万能「村づくり」チートでお手軽スローライフ ～村ですが何か?～ 1
私、能力は平均値でって言ったよね! 14
勇者パーティーを追放された俺だが、俺から巣立ってくれたようで嬉しい。……なので大聖女、お前に追って来られては困るのだが? 1
転生したらドラゴンの卵だった ～最強以外目指さねぇ～ 13
読者さん・作品・作者さんの、一番楽しいレーベルです!
創刊!

大人のエン
シリーズ続々刊行します!
悪役令嬢は溺愛ルートに入りました!?
人狼への転生、魔王の副官 ⑭
退屈嫌いの封印術師 ～復活せし不死王たち～
雑用係兼支援術師はパーティー追放に憧れる ～世間は追放ブームなのに、俺を過大評価するパーティーメンバーたちが決して手放そうとしてくれない～
マイナススキル持ち四人が集まったら、なんかシナジー発揮して最強パーティーができた件
わたしはふたつめの人生をあるく! ③
毎月7日発売!
SQEX

SQEXノベル

# 魔剣の弟子は無能で最強！
## ～英雄流の修行で万能になれたので、最強を目指します～　1

著者
ふか田さめたろう
イラストレーター
植田亮



2021年3月5日　初版発行

発行人
松浦克義
発行所
株式会社スクウェア・エニックス
〒160－8430
東京都新宿区新宿６－27－30　新宿イーストサイドスクエア
（お問い合わせ）スクウェア・エニックス　サポートセンター
https://sqex.to/PUB

印刷所
図書印刷株式会社
担当編集
増田翼
装幀
冨永尚弘（木村デザイン・ラボ）



ISBN978-4-7575-7126-6　C0093　　Printed in Japan